# 오렌지 브라운 스코티시 폴드

# 오렌지 브라운 스코티시 폴드

ⓒ 김홍훈, 2024

초판 1쇄 발행 2024년 9월 2일

지은이   김홍훈
펴낸이   이기봉
편집     좋은땅 편집팀
펴낸곳   도서출판 좋은땅
주소     서울특별시 마포구 양화로12길 26 지월드빌딩 (서교동 395-7)
전화     02)374-8616~7
팩스     02)374-8614
이메일   gworldbook@naver.com
홈페이지 www.g-world.co.kr

ISBN   979-11-388-3482-7 (03810)

# 오렌지
# 브라운
# 스코티시 폴드

김홍훈 지음

좋은땅

# 차례

# 금붕어는 사실 오래 산대요

　그때를 생각하는 내 머릿속을 영사기의 빛을 투과하여 비추어 본다면 마치 오래된 필름 영화를 틀어놓은 것처럼 보일 것이다. 그만큼 체감상 오래전 몇 살 때인지도 모를 여름방학 때의 나는 친구 집 앞 초등학교 문방구에서 축구공을 뽑으려고 모아둔 용돈을 진탕 쓰고 있었다.

　지금도 그렇지만 그 당시에도 쉽게 풀리는 게 하나 없던 나는 번연히 축구공을 뽑지 못했다. 대신 원하지도 않던 정말 작은 실험관찰용 금붕어 한 마리가 생겼다. 손바닥만 한 크기의(물론 지금 손바닥 기준이다.) 공기가 가득 찬 비닐 봉투에 담겨 있었다. 온통 주황색의 금붕어는 성부 성령께서 창조하실 때부터 초등학생들의 관찰 숙제를 위해 한 달만 지상에 있다가 올라오라는 명을 받은 것과 같이 작고 힘이 없었다. 아무것도 모르는 어린 내가 봐도 단명이 타고난 것이 보였다. 해가 떠 있는 동안 친구와 같이 있으면서 별생각 없이 그 금붕어를 들고 있었다. 하지만 친구와 헤어지고 집에 가며 여러 잡생각이 들었다. 이대로 들어가면 책임도 못 지면서 무슨 금붕어를 가지고 왔냐며 엄마에게 엄청 혼날 것이라고 생각했다. 참 소심했던 나는 그런 걱정만 하다 해가 희끗할 때 집 앞에서 다시 발길을 돌려 금붕어를 반납할 생각으로 문방구로 향했다. 하지만 문방구는 그새 문을 닫았었다. 어쩔 줄 모르고 발만 동동 구르다 소심한 것도 모자라 생각도 짧았던 나는 바로 앞 초등학교의 벤치에 금붕어를 두고 그냥 집으로 왔다.

집에 오고 난 후 전부 해결됐다고 생각했지만 이상하게 기분은 너무 좋지 않았다. 가슴을 홍두깨로 마구 밀듯 답답하고 우울한 감정이 들었다. 그런 감정을 참지 못하고 나는 뜬금없이 안방으로 가서 엄마에게 금붕어를 키워도 되는지 물었다. 엄마는 의외로 그러라고 말했다. 그 말을 듣고 서둘러 초등학교의 벤치에 가 보았다. 다행히 금붕어는 그대로 있었다. 이미 어두운 밤이었지만 금붕어를 들고 있으니 무섭지 않았다. 집에 들어가서 엄마에게 금붕어를 보여 주니 처음에는 당황했지만 이내 작은 유리 종접시 안에 수돗물을 담고 다음 날 금붕어를 넣어주었다. 엄마는 네가 가져온 것이니 네가 직접 관리하라고 말했다.

그렇게 금붕어는 나와 우리 집에서 3년을 살다가 어느 날 머리에 큰 혹이 생겨 며칠 후 죽었다. 열심히 물도 갈아주었지만 효과는 없었다. 나름 정성을 들여 오래 키웠다고 생각했다.


오랜 시간이 지나 술자리에서 아는 사람에게 나름 우수에 잠겨 횡설수설 금붕어 이야기를 해 주었다. 그는 금붕어가 너무 빨리 죽어서 슬프다고 말했다. 나는 무슨 말인지 알 수가 없어서 이야기가 끝난 후 금붕어는 3년을 살았다고 다시 말해 주었다. 그러자 그도 다시 되풀어 금붕어가 너무 빨리 죽어서 슬프다고 말했다. 이어서 금붕어는 사실 3년보다 훨씬 오래 산다는 것도 말해 주었다. 족히 10년은 산다고 말이다.

나는 몰랐었다. 노환으로 혹이 생겨 죽은 줄 알았던 금붕어는 사실 단명한 것이다. 그때의 나는 그 작고 힘없는 금붕어를 보고 단명할 것이라고 생각했었다. 그렇게 어린 나는 금붕어에게 운명을 정해 줬다.

*

그때를 생각하는 내 머릿속을 영사기 빛을 투과하여 비추어 본다면 마치 오래된 필름영화를 틀어놓은 것처럼 보일 것이다. 나는 여러 번 머릿속으로 금붕어의 유작 전기 영화를 감상한다. 영화가 끝난 후 엔딩 크레딧이 전부 올라가고 별다른 쿠키영상은 존재하지 않지만 쉽사리 자리에서 일어나지 못한다.

오렌지 브라운 스코티시 폴드

## 푸드파이터와 호빵맨

늘 유튜브 알고리즘이 그러하듯 한동안 나의 계정에는 푸드파이터 대회 영상이 뜨기 시작했다. 아마 며칠 전 본 매운 고추 먹기 대회 영상이 이유일 것이다. 그래도 난 썩 나쁘지 않게 받아들여 계속 보게 되었다. 몸은 작고 말랐지만 많이 먹는 사람이 대부분 상위권을 차지한다. 굉장히 의외다. 처음 볼 때는 분명 "너무한 거 아닌가? 푸드파이터 대회에는 체급 별로 나누지 않는 거야?"라고 생각하였으나 영상이 중반부가 넘어가며 몸이 작은 사람이 압도적으로 많이 먹는 것을 보고 나는 곧 운동장에서 날아오는 축구공을 머리에 맞고 "야, 공 좀 주라."와 같은 대답을 들은 것처럼 당황해하며 뒤통수를 만지작거린다.

대회의 시작을 알리는 나팔소리가 들리면 뜨거운 야외 대회장 밑 응원하는 선글라스 쓴 사람들이 보인다. 마치 맨 인 블랙 본부를 보는 거 같다. 다른 점은 사람들 정면의 위는 산더미처럼 쌓인 음식과 그걸 열심히 먹는 사람들이 있는 것이지 국장 O와 요원 K가 심각한 대화를 하고 있지 않다는 점이다. 사람들도 검정 정장을 입고 있지도 않다. 대회의 음식도 다양한데 주로 핫도그, 햄버거, 면 종류와 같은 포만감이 심한 음식 위주로 나온다. 대회 주최 측에도 어느 정도 예산이 있으니 이해가 된다. 또 발견한 점은 노련한 선수의 경우 옆에 있는 물을 마시지 않고 핫도그를 물에 적셔서 먹는 것이다. 아마도 물을 따로 먹지 않기 위함과 퍽퍽한 빵을 부드럽게 만들기 위해서 그러는 것이라고 생각된다. 역시 무작정 많이 먹지 않고 어느 정도 기술이 필요한 대회인 것같다.

*

어린이 만화 〈호빵맨〉을 아시는지. 난 며칠 전 직장에서 근무를 하던 도중 머릿속에서 매섭게 번뜩 호빵맨 생각이 나서 한동안 푹 빠져 있었다. 호빵맨은 정말 강하지만 머리에 물이 닿으면 힘이 나지 않아 전투 불능 상태가 된다. 이것 또한 갑자기 번뜩 생각난 거지만 만약 물에 핫도그를 적셔서 먹은 기술을 쓰는 푸드파이터가 출전하는 대회의 음식으로 호빵맨이 나온다면 어떤 상황이 벌어질까. 아마 필사적으로 먹히지 않으려고 하는 호빵맨과 대회의 우승을 위해 먹으려고 하는 푸드파이터와의 빅매치가 예상된다. 푸드파이터에겐 중간중간 살벌하게 날아오는 호빵 펀치를 피하는 것도 보통 일이 아닐 것이다. 만약 무사히 푸드파이터가 호빵맨의 머리를 플라스틱 컵에 적셔서 먹었다고 가정하더라도 얼마 지나지 않아 잼 아저씨의 호빵호가 도착하고 버터 누나의 화려한 빵 변화구로 인하여 다시 원점으로 돌아갈 수도 있는 일이다. 거기에 또 카레빵맨이나 식빵맨이 와서 호빵맨과 같이 더블 펀치를 날린다고 생각하면 정말 끔찍하다.

하지만 이것도 굳센 푸드파이터라고 가정했을 때의 상황이다. 만약 정말 먹기만 자신이 있어서 출전한 마음 여린 푸드파이터라고 한다면 더더욱 상황은 안 좋아진다.

"저기 호빵맨, 난 이게 직업이야. 먹지 않으면 난 생계를 이어나갈 수가 없어. 넌 다시 머리를 받으면 되는 일이잖아. 너무 깐깐하게 굴지 마."라고 말해 봤자 돌아올 대답은 "조용히 해. 이 악당아!"일 것이다. 마음 여린 푸드파이터는 대회가 끝난 후 공복의 배를 부여잡고 터벅터벅 집으로 돌아간다. 이렇게 생각해 보니 호빵맨 상당히 융통성 없는 녀석이었다.

# 나만의 라쇼몽

평소 영화를 자주 보는 편은 아니지만 특정 배우나 작가, 감독에게 빠지면 그들과 관련된 모든 작품을 찾아보는 경향이 있다. 감독으로는 거장 "구로사와 아키라"가 그렇다. 감독 최고의 작품이 무엇이라고 생각하냐는 질문에는 1분 1초도 망설이지 않고 〈라쇼몽〉이라고 말할 것이다. 일본 헤이안 시대의 어느 사무라이가 죽은 사건 중심으로 모두 같은 사건의 목격자임에도 엇갈린 진술을 두고 각자의 입장과 시각, 이해관계를 담은 것이 영화의 간단한 시놉시스이다. 자세한 내용은 영화를 보셨으면 하는 바람으로 더는 말하지 않겠다. 작품의 수상이력과 유명세를 제쳐두고 오로지 작품성으로만 봤을 때도 어느 하나 모자란 부분이 없는 영화라고 생각한다. 영화의 제목인 "라쇼몽"은 사회 용어인 "라쇼몽 효과"로 각자의 입장과 이익에 따라 상황을 달리 해석하는 현상으로도 불린다.

노는 게 제일 좋은 뽀로로도 답답한 마음에 앞에 앉혀놓고 혼을 낼 만큼 공부와 일찍이 담을 쌓았던 (담이 아니라 댐이라고 할 정도였다. 그냥 댐도 아니고 후버댐 정도) 나는 초등학교에 들어가서도 내 이름

오렌지 브라운 스코티시 폴드

석 자 하나 쓸 줄 모르는 우리나라 하위 1%의 문맹이었다. 글을 모르니 당연히 책을 읽을 수 없었고, 수업을 이해할 수도 없었다. 다행히 그런 바보 천치를 가만히 보고 있을 수 없었던 선생님들의 부단한 노력으로 4학년 2학기 가을 때 겨우 한글을 뗐다. 그와 거의 동시에 국어 교과서에는 시가 나왔다. 시를 읽고 쓰는 수업에서 선생님은 내키지 않지만 나에게도 창작 시 숙제를 내주었다. 주제는 가을이었다. 미루고 미루다 숙제 내는 날이 다가오고 반 친구들은 줄을 서서 한 명씩 공책을 들고 검사를 받았다. 숙제를 하지 않았지만 그렇다고 줄까지 서지 않아 선생님의 눈에 들어오는 순간에는 숙제를 안 한 죄와 줄을 서지 않은 괘씸죄로 두 배로 혼날 것 같아 줄을 서긴 섰다. 적당히 혼내시다가 말겠지 생각했지만 나보다 먼저 줄을 서 숙제를 안 했다고 말하는 친구의 손을 30cm 자로 사정없이 내리치는 선생님의 모습을 보고 교실 벽에 기대어 4행의 짧은 시를 재빨리 쓰고 초조한 마음으로 순서를 기다렸다.


가을이 왔다


가을이 왔다
빠른 사람들은 긴 팔이었고
느린 나는 반팔이었다
왠지 나만 외톨이가 된 것 같다

기다리는 동안 앞뒤의 친구들은 "이야 이렇게 짧고 허접한데 통과는 되겠어?"라거나 "선생님! 얘 숙제 방금 했어요!" 같은 말로 계속 놀리기만 했다. '방실방실 내리는 단풍잎' 같은 제목을 붙인 친구의 시가 더 허접하다고 생각했지만 나보다 몇 배는 많은 분량이라 비교가 됐다.

나는 히터도 틀지 않은 가을 교실에서 식은땀을 흘렸다. 마침내 내 차례가 되었고 선생님은 내 공책을 유심히 보더니 그대로 두고 가라고 하셨다. '역시나 며칠을 놀다가 방금 숙제를 한 괘씸죄로 공책까지 뺏긴 게 분명해'라는 걱정으로 자리에 돌아가 다리를 카페 진동벨마냥 미친 듯이 떨었다. 검사 시간이 끝나고 선생님은 내 공책만 주지 않았다. 무사히 통과하여 안도감에 말이 많아진 아이들을 보고 선생님께서 구리로 만든 일명 '합죽이 벨'을 두 번 치셨다. "합죽이가 됩시다. 합!"이라는 반 친구들의 구호 아래 교실은 순식간에 조용해졌다. 그리고 선생님은 내 시를 낭송했다. 낭송이 끝난 후 "이게 진짜 '서정시'야!"라고 칭찬하셨다. 그러자 아까까지만 해도 날 놀리던 친구들은 "이야 길다고 좋은 게 아닌가 봐!", "잘 썼다고 했잖아!" 같은 사탕 발린 말을 쏟아냈다. 기분이 나쁘지는 않았지만 아까와 상반된 친구들의 말과 태도에 마음 깊은 곳에서 찝찝한 감정을 느꼈다.

구로사와 아키라 감독은 영화 〈라쇼몽〉을 제작할 때까지만 해도 영화사와 제작사 사장들은 세트 제작비가 너무 많이 나왔다거나 제작비를 줄이라는 독촉과 영화의 내용이 이해가 어렵다며 불평만 늘어놓았다고 한다. 그러나 막상 영화가 개봉한 후 각종 상을 휩쓸자 "내가 없었

오렌지 브라운 스코티시 폴드

으면 이거 만들기라도 했겠어?"라고 말하며 생색내는 것을 보고 "이것이 진정한 라쇼몽 그 자체."라는 말을 남겼다. 인생의 경험과 배움의 깊이는 다르지만 초등학교 4학년의 나도 "라쇼몽 그 자체"를 느꼈었다.

## ▌주문

E가 왔을 때는 이미 K가 자리를 잡고서 신문에 수록된 스도쿠를 풀 듯이 메뉴판을 깊게 보고 있었다. E는 자갈밭에 하는 쟁기질처럼 반대편 의자를 드르륵 빼서 마주 앉았다. 그 후 반쯤 두리번거리다가 점원을 발견하고 불렀다.

"무슨 일이시죠?"

"별일은 아니고요. 히비스커스 티랑 말차 라테 주세요."

"손님, 저희 매장에는 전부 없는 메뉴입니다."

"그럼 큰일이네요."

점원은 가볍게 목례 후 사라졌다. 점원이 사라진 후 E가 K에게 말했다.

"자네, 메뉴판 좀 그만 봐. 이제 슬슬 시켜야지."

오렌지 브라운 스코티시 폴드

"맞는 말이야. 하지만 메뉴판에 있는 스도쿠가 너무 어려워서 좀처럼 끝내기가 어려워."

E가 이해한다는 듯이 고개를 한 번 끄덕였다. 그러고는 다시 점원을 불렀다. 점원은 앤틱한 재즈바의 잔을 닦는 바텐더처럼 자연스러우면서도 여유롭게 테이블을 닦고 있었다. 여유롭게 테이블을 닦는 것은 좋은 채광과 그다지 큰 소음 없이 잔잔한 음악이 흐르는 이 카페에서 안 하면 안 되는 필수불가결한 행동이었다. 카페에는 리사 엑달의 〈I Don't Miss You Anymore〉가 흐르고 있었다. E의 부름에 점원은 잰걸음으로 다가왔다.

"무슨 일이시죠?"

E가 점원에게 말했다.

"별일은 아니고요. 여기는 뭐가 제일 잘나가나요?"

"아무래도 요즘은 신입 직원들이 일이 힘들다며 금방 나가는 편입니다."

"그것 참 큰일이네요."

점원은 가볍게 목례 후 사라졌다.

E가 카페에 들어오고 10여 분이 흘렸지만 그는 메뉴판을 달라고 하지도, 메뉴도 시키지도 않았다. 이것은 카페의 오트밀색 벽에 붙어 있는 '1인 1메뉴' 안내문이 눈총을 쏘게 하는 행동이 아닐 수 없었다. E는 초조한 마음에 급히 점원을 다시 불렀다. 점원은 물었다.

"무슨 일이시죠?"

"저기 벽에 붙어 있는 1인 1메뉴 안내문 좀 떼주시겠어요? 너무 눈치가 보여서 힘드네요."

점원은 E의 당당한 태도에 조금 당황했지만 이내 정신을 차리고 대답했다.

"손님, 그럼 메뉴를 시키면 되지 않을까 생각이 드는데 어떻게 생각하시나요?"

"그러네요. 그럼 밀크셰이크에 엑스트라 버진 조금 넣어서 두 잔 주시겠어요? "

점원은 역시나 조금 당황했지만 이내 다시 정신을 차리고 E에게 말했다.

오렌지 브라운 스코티시 폴드

"손님, 탁월한 선택이십니다."

E는 옅은 미소를 보였고, 점원은 가볍게 목례 후 사라졌다. 카페에는 냇 킹 콜의 〈L-O-V-E〉가 흐르고 있었다. E는 뿌듯하다는 듯이 음악에 맞추어 어깨는 미세하게 들썩였다. K는 여전히 메뉴판의 스도쿠 1단계를 풀고 있었다. 아마 좀처럼 끝나는 법이 없으리라.

## 가지 씨에게는 미안하지만

　가끔 시장을 지날 때면 투박하게 손으로 찢은 박스에 검정 매직으로 가격이 쓰여 있는 화분 받침대같이 생긴 빨간 대야의 가지와 마주치곤 한다. 하지만 난 속지 않고 빠른 걸음으로 지나쳐 간다. 가지가 얼마나 혼란스러운 식물인지 알고 있기 때문이다. 만약 정말 만약에 내가 아직 가지 씨를 어떠한 호기심이 생겨서 샀다고 가정해 보자.

*

　우선 혹시라도 있을 가지 극단적 불호주의자들에게 야구방망이로 머리를 가격당하여 정신을 잃은 채 그들의 아지트로 끌려가서 모진 고문을 당하지 않도록 히프 색을 캐시 박스 대신 매고 있는 할머니에게 둘이서만 들리는 목소리로 검정 비닐에 담아줄 것을 요구한다. ok 사인이 떨어지면 돈을 주고, 난 그 은밀한 가지를 받는다. 날카로운 면도 날로 단숨에 가지가 들어 있는 비닐을 그어버릴 소매치기만 조심하면 아무도 눈치채지 못하고 가지를 집까지 안전하게 가져갈 수 있다. 집에 무사히 도착하면 난 잠시 소파에 앉아 숨을 돌리고 가지도 그사이

긴장된 마음을 달래며 싱크대에서 찬물로 샤워를 한다. 가지가 옷을 갈아입을 수 있도록 옷장에 옷 중 집에서 자주 입는 홈웨어를 꺼내 준다. 가지는 옷을 두 손으로 정중히 받은 다음 갈아입은 후 나와 같이 식탁에서 진지한 이야기를 시작한다.

"가지 씨(Mr. Eggplant), 난 가지 씨(seed)가 보고 싶어."

이 정도만 말해도 눈치 빠른 가지는 자신의 씨를 내가 보기 위해서는 안타까운 희생이 따른다는 것을 알아채고 눈물을 흘릴 것이다. 그리고는 나에게 따지기 시작한다.

"무슨 소리야! 그런 이야기는 하지 않았잖아!"

사전에 말하지 않는 내 잘못도 있지만 그렇다고 상황은 달라지지 않는다. 이런 상황이 비극적이라는 것을 알고 있다. 하지만 냉정해져야 한다. 나도 강경하게 대응한다.

"하지만 가지 씨, 그렇다고 내가 가지 씨를 밖으로 쫓아내거나 같이 살 수는 없는 거잖아 잘 알면서 너무 그러지 마."

안타깝지만 이대로 평범한 보라색 가지가 혼자 밖으로 나간다면 가지 극단적 불호주의자들에게 무슨 짓을 당할지 모른다. 그렇다고 우리 집에 살기에는 아늑한 냉장고 야채 칸이나 가지를 심어 줄 멋진 화분이 없다. 내가 할 수 있는 것은 가지에게 눈물 닦을 손수건을 주고 등을 토닥여 주는 것밖에는 없다. 그 후 난 가지가 영면에 들 수 있도록 기도하고 마침내 가지 씨를 보기 위해 집도를 시작한다.

　이럴 수가! 가지가 너무 잘 익은 나머지 씨가 보이지 않는다. 그렇다고 이미 정이 들어 버린 가지를 먹을 수도 없다. 가지에게 깊은 애도를 표할 수밖에 없는 것이다. 경건히 가지의 장례를 치러 주고 나에게는 무고한 가지를 죽였다는 죄책감과 생각해 보니 가지튀김을 했으면 먹어도 괜찮지 않았을까라는 깊은 후회만 남는다. 생각만 해도 머리가 아프다. 아무튼 이런 상황이 있을 수도 있으니 만약 다시 한번 시장의 가지와 마주치더라도 그냥 지나쳐 갈 것이다.

## 슬립온과 장우산

아침에 낮에 비가 내린다는 일기예보를 설거지를 하며 얼핏 들었다.

\*

뜨거운 커피를 마시던 그에게 비를 좋아하는지 물어보자 얼굴을 찡그리고는 서둘러 커피잔을 내려놓으며 고개를 저었다. 이미 고개를 젓는 것으로 부정 의사를 확인했지만 그는 커피를 삼키고 대답을 하였다.

"끔찍해요⋯."

싫다고 하면 그러려니 하고 넘어갔겠지만 끔찍하다고 하니 이유가 궁금했다. 이유를 물어보려 하기 전에 그가 말을 이었다.

"지금 제 신발 보이시죠?"

난 고개를 끄덕였다. 지금처럼 의자보다 낮은 테이블을 두고 다리를 꼬아도 신발보다 바지에 눈길이 먼저 갈 만큼 의식하기 어려운 흔한 끈이 없는 슬립온 신발이다.

"저는 슬립온 신발만 신어요. 슬립온은 밑창 빼고 전부 면 소재라서 물이 다 들어가거든요."

"왜 슬립온만 신으세요?"

"없어요. 이유 같은 거."

이유는 없다고 하니 맥이 빠졌다. 거창한 것을 기대하지는 않았지만 이유가 없다는 대답을 들을 줄은 몰랐다. 그는 다시 커피잔을 들었고, 나는 비를 좋아한다고 말했다. 그는 커피잔을 내려놓으며 염주를 찬 민머리 고깃집 사장님을 본 것 마냥(실제로 고깃집에서 그런 사장님이 테이블로 다가와 친절히 고기를 잘라 주신 적이 있다. 참으로 묘했다.) 묘한 눈빛을 보냈다. 그 후 커피를 삼키고 왜인지 물었다.

"우산 쓰는 것을 좋아해요. 그중에도 장우산. 단우산은 뭔가 마음에 안 들고 장우산을 쓰고 싶은데 비 안 오는 날에 우산 쓰고 있으면 이상하잖아요."

"참 좋으시겠어요."

오렌지 브라운 스코티시 폴드

그는 어색한 미소와 함께 약간 비꼬듯이 말하고 다시 커피잔을 들었다. 커피가 식어버려 안 뜨거운지 크게 들이켰다. 그가 커피잔을 내려놓자 유리창에 서리 끼듯 물방울이 튀었다. 얼마 지나지 않아 기압이 낮아지며 비가 제법 내렸다. 난 창 밖의 비가 내리는 것을 보고 있었지만 그는 비를 싫어하니 표정이 좋지 않을 것이라고 예상했다. 하지만 굳이 확인하지 않았다.

"거리의 가로등 불이 하나둘씩 켜지고 검붉은 노을 너머 또 하루가…."

그는 의외로 노래를 흥얼거리고 있었다. 김광석의 〈거리에서〉였다. 김광석을 좋아하는지 아님 〈8월의 크리스마스〉를 보았는지 모르지만 맞는 구석을 발견하니 기분이 나쁘지는 않았다. 참 여유가 있는 사람이라 생각했다.

"신발은 유감이지만 댁까지 바래다 드릴게요. 우산 가져왔어요."

우린 의자에서 일어나 입구에 둔 우산을 쓰고 카페를 나섰다.

## ▌차라리 참치가 되고 싶다

난 매일같이 반복되는 지루한 직장생활에 점점 환멸을 느끼며 어느 순간부터 차라리 참치가 되고 싶다고 생각한다. 의외겠지만 나름 이유가 있었다.

첫 번째 이유는 비늘이 없기 때문에 외관 관리가 편할 것 같다. (사람으로 치면 더 이상 머리카락이 자라지 않는 스킨헤드인 것이다.) 나 같은 성격은 어쩌다가 비늘이 한 번씩 빠지게 되면 오히려 그때마다 너무 많은 걱정에 스트레스를 받을 것 같다. 물고기에게 스트레스는 독이니까 상당한 위험요소로 작용한다. 그 많은 머리카락 중 몇 개만 빠져도 그렇게 신경 쓰는데 비늘이라고 다를까.

두 번째 이유는 참치는 무리를 지어서 잠자고 먹이만 찾기 때문에 사회생활을 위한 사탕 발린 소리와 가식적 미소는 필요 없을 것 같다. 한 번씩 옆 참치와 부딪칠 수도 있겠지만 그때는 정중히 사과만 하면 되지 않을까 생각한다.

오렌지 브라운 스코티시 폴드

"앗 부딪쳤군요. 제 부주의입니다. 죄송합니다."

"그러시군요. 괜찮으니 다음부터는 안전 지느러미 부탁드립니다."

드넓은 태평양을 누비다 운 좋게 수많은 청어 떼를 발견하면 그냥 맛나게 먹으면 되는 것이다. 물속이라서 쩝쩝대는 소리도 들리지 않으니 다른 참치의 눈치를 보지 않아도 된다. 혹시 모를 일이지만 청어를 다 먹고 난 후 나이 많은 원로 참치가 나에게 다가와서 구식 충고를 해 줄 수도 있다.

"어이 어른이 먼저 맛보고 그다음 먹어야지. 새파란 놈이 어디서 먼저 먹고 있어! 다음부터는 조심하라고 쯧쯔."

하지만, 인간이길 포기한 것이지 참치이길 포기한 것이 아니기 때문에 무리 생활에서 그 정도의 매너는 지킬 수 있다. 또한 다시 한번 똑같은 실수를 한다고 하더라도 무수히 많은 참치 무리 일원 중에서 날 찾을 수 없을 테니 말이다. (어차피 전부 새파란 놈들이기 때문이다.)

세 번째 이유는 마음의 안식을 들 수 있다. 참치가 아무리 크더라도 야생의 물고기인 만큼 매번 치열한 인생을 살겠지만 은행 대출을 해 가며 내 집 마련을 할 필요도, 앞에서는 다정하게 인사하고 뒤에서는 험담을 늘어놓을 일도 없다. 열심히 대서양과 태평양을 지나다가 어느 순간 내 지느러미가 느려지는 것을 느끼고 천천히 무리와 멀어지며 해수면 바닥에 떨어진 후 심장이 멈춘다. (참치는 부레가 없기 때문에 멈추는 순간 죽는다고 한다.) 그렇게 "나"라는 늙은 참치는 심해의 갑각류들의 귀중한 먹이가 된다. 자연 친화적 그 자체가 아닌가. 운이 나쁘면 원양어선의 그물에 걸려 냉동참치가 될 수도 있겠지만 말이다. 아무렴 어떠랴.

# 모르는 편이 더

약속 시간까지는 아직 여유가 있어서 집 앞의 왠지 낯익은 카페에 갔다. 주변은 어릴 적부터 노닐던 기억에 익숙하지만, 카페만은 눈에 뒤덮인 설산 사이 빛이 들어오지 않는 크레바스를 쳐다보는 것과 같이 그 자리만 푹 꺼진 느낌이 들었다. 유난히 하얀 벽에 작지만 분위기 있는 한글 나무 간판이 멋진 곳이었다. 깨끗한 유리문을 열고 들어가 밖이 잘 보이는 창가에 자리를 잡고 레몬티를 주문했다. 조금 시간이 흘러 레몬티를 가지고 오는 직원에게 카페를 열기 전에는 무슨 가게가 있었는지 물었다. 직원은 창가로 보이는 건너편 아파트 단지의 오르막길을 잠시 바라보고는 식당이 있었다고 말했다. 무슨 식당이었는지 물어보고 싶었지만 더 이상은 실례라는 생각에 관두고 레몬티를 마셨다. 반쯤 마셨을 즈음, 카운터에서 포스기를 조작하던 직원의 시선이 뒤통수에 느껴졌다. 부담스러운 시선에 그만 자리에서 일어나 카운터에 가서 계산을 했다. 직원은 계산을 하고 영수증과 카드를 주며 말했다.

"손님, 티셔츠 앞주머니가 등에 있습니다."

"네? 그럴 리가…."

　날개뼈가 움푹 들어간 곳에 만져보니 정말 주머니 같은 재봉선이 느껴졌다. 사실 집 밖을 나올 때부터 티셔츠 목 부분에 이질감이 느껴졌지만 기분 탓이겠거니 하고 외출을 했었다. 한여름에 레몬티를 시킨 후 카페 안을 등지고 있었는데, 내가 다른 손님들에게도 멍청하게 등으로 티셔츠 앞주머니를 보여 준 것이라고 생각하니 안 그래도 열이 많아 빨간 얼굴이 더 빨갛게 달아올랐다. 서둘러 카페 화장실에서 티셔츠를 돌려 입고 밖으로 나왔다. 직원도 오죽하면 먼저 말을 꺼냈나 싶었다. 옷도 정상적으로 입었겠다 약속 장소로 향하려던 찰나, 카페 옆 벽에 세워둔 담쟁이덩굴에 파묻힌 빨간 대야가 보였다. 그 대야를 보자 번뜩 생각이 났다. 어릴 적 나는 이곳을 지날 때면 눈을 질끈 감고 지나갔다. 이유는 항상 식당 입구 옆 개고기 피를 빼고 있는 대야가 무서웠기 때문이다. 그때와 같이 눈을 질끈 감고 지나지는 않지만 빠른 걸음으로 마저 지나갔다. 탁 트인 카페 창가의 사람들은 즐거운 이야기를 하는 듯 커피를 마시며 웃고 있었다. 카페 이전의 모습보다 차라리 내 우스꽝스럽게 돌아간 티셔츠만 알고 있으시라.

　　　　　　　　　오렌지 브라운 스코티시 폴드

## 매를 버는 시(詩)와 하와이안 셔츠

    고등학교 시절, 당시 나는 체리색 공원 벤치에 앉아 내 인생에서 가장 오글거리고 형편없는 시를 써서 어느 운문 대회에 응모하였다. 시를 쓰는 도중에 몇 번 먼 산을 바라보며 고개를 저을 정도로 꽤 형편없었다. 하지만 다른 소재가 떠오르지 않아 계속 이어갔다. 응모할 때 기재한 집 주소로 심사위원분들이 빛깔 좋은 물푸레나무 야구 배트를 들고 찾아와서 나에게 몽둥이찜질을 해 주셔도 할 말이 없을 것이며, 집에 계시던 어머니도 내 시를 보고서 열심히 찜질해 주시는 심사위원분들께 마시고 하시라며 오렌지 주스를 대접할 정도였다. 그러나 뜻밖에 2등으로 입상하였다. 심사위원분들의 존함도 살펴보았다. 이후로 시인이라는 오랜 꿈을 버림과 동시에 (여전히 시는 자주 읽지만) 시를 쓰는 것도 그만두었다. 어떤 알량하고 좁은 마음에 그랬는지 아직 알 수가 없다.

    타지 생활을 끝내고 잠시 머무를 생각으로 고향에 왔다. 그리고 하와이안 셔츠를 입고서 내 마지막 시를 쓴 공원 벤치에 앉아서 연못과 허리 굽힌 버드나무를 바라보았다. 벤치에서 일어나도 버드나무를 조금 더 생각하고 싶어서 잎을 어루만지며 조금 쓸어 담았다. 나는 여름에 거의 하와이안 셔츠만 입고 다니지만, 고향에선 넉살 좋은 관광객을 제외하고는 입지 않는다. 어쩌다가 살짝 튀는 사람이 된 것이다. 튀는 사람이 되어서는 할아버지들의 바둑을 남모르게 지켜볼 수 없으니 포기하고 공원을 나왔다. 반항심이 생겨서 번화가에도 가 보았지만 지나가던 바가지 머리 고등학생 무리가 조폭 같다고 수군거리며 지나갔다. 그나마 어울리는 곳은 바버숍이니 자주 가게 된다. 덕분에 멀끔해졌다.

만약 내 형편없는 시가 쓰여진 셔츠와 가끔 길을 가다가 무례한 소리를 듣는 하와이안 셔츠 중에 고르라고 한다면 무조건 하와이안 셔츠를 고를 예정이다. 어떤 알량하고 좁은 마음인지 나조차도 알 수가 없다. 아마 아직 야구 배트가 무서운 것일 수도.

오렌지 브라운 스코티시 폴드

# 이제 와서 생각해 보니

　해가 저문 저녁의 1학년 1반 교실에는 나와 넬모레 정년을 앞두고 운 나쁘게 1학년 담임을 맡은 선생님, 항상 단둘만 남아 있었다. 선생님께서는 자기 이름 석 자도 쓰지 못하는 나에게 한글을 가르쳐 주고 계셨다. (내가 한글을 뗀 것은 이 시점에서 3년이 지난 4학년 때이다.) 선생님은 가르쳐도 아무런 진전이 없는 나를 보고 높은 절벽 위 경치에 감탄하며 맑은 공기를 마시듯 들숨을 하고 풍선을 불어 아주 큰 왕관을 만들려는 광대처럼 날숨과 한숨의 그 사이를 크게 뱉으셨다. 그렇게 선생님의 들숨, 날숨, 한숨과 함께 1학기가 시작하는 봄부터 2학기가 끝나는 겨울까지 매일같이 교실에 남아서 한글 공부를 했다.

　당시에는 분명 선생님은 나를 너무 미워하다 못해 가만 두고 볼 수 없어서 늦은 시간까지 집에 보내지 않고 괴롭히는 것이라 생각했다. 그런 멍청한 오해를 한 문맹 아이는 세월이 지나 자기 이름도 쓰고, 글도 쓰고, 회사 보고서도 곧잘 쓰는 성인이 되었다. 그렇게 시간이 흘러 어느 날 집에서 오래된 초등학생용 한문 공책을 발견했다. 공책을 펴 보니 칸마다 한글로 선명한 글씨 아래 따라 쓴 듯 삐뚤빼뚤한 글씨가 써져있었다. 그날 잠 못 드는 어두운 새벽에 갑자기 스치듯 그 시절이 떠올랐다. 그러면서 자연스레 선생님은 정말 나를 미워하셨던 것이었는지 가물가물한 기억 속을 헤집어 돌아가는 주마등에 그림을 그리듯 곰곰이 생각해 보았다. 이제 와서 기억하는 선생님의 모습을 그리자면 "나"라는 굳이 해결하지 않아도 되는 잡무를 위해 늦은 시간까지 야근을 하는 내일모레 정년을 앞둔 공무원, 본인의 명품 지갑 대신 스승의 날에 학부모가 선물한 퀼트 지갑을 쓰는 선생님, 지우개 살 돈이 없어서 교실 구석에 버려진 더러운 지우개를 쓰는 아이에게 깨끗한 새 톰보우 지우개를 주며 그런 지우개 다시는 쓰지 말고 필요하면 나한테 언제든 말하라고 한 멋진 할아버지, 받아쓰기 쪽지시험 때마다 글을 쓸 줄 모른다고 반 친구들에게 놀림받는 나를 위해 본인이 먼저 연필로 꾹꾹 눌러쓰고 지운 자국이 남은 시험지를 아이들 몰래 주신 은사의 모습이었다.

침대에서 일어나 한문 공책을 펴서 선생님의 글 아래 덜 써진 글자들을 채워 보았다. 신기하게도 어린 시절부터 '할아버지 글씨' 같다고 놀림받던 내 글씨는 제법 선생님과 비슷했다.

오렌지 브라운 스코티시 폴드

## 장피에르 죄네식으로 살다 간 남자

남자는 자연분만으로 태어났지만, 분유를 먹으며 자랐다. 그렇다고 부모님의 사랑과 관심이 부족한 것은 아니었다. 항상 저녁 밥상을 다 차리기 전에 밥을 먹으라며 불러주었고, 지우개를 다 쓰거나 잃어버리기 전에 다시 사 줄 만큼 세심하고 다정했다. 유년 시절에 부모님께 혼났던 유일한 기억은 아버지의 검정 세단 보닛 위에 올라가서 놀다가 엠블럼을 발로 차서 부줬던 것밖에 없을 정도로 그의 부모님은 온화한 사람이기도 했다. 학생 때 사춘기는 오지 않았지만, 여드름이 많이 난 탓에 자존감이 낮아져 소심한 성격이 되었다. 학교를 졸업한 이후 집 앞 공업사에 취업하여 타이어 펑크 씰(일명 지렁이)을 메꾸는 일을 하였다.

22살에는 자주 가던 카페에서 자주 마주치던 어느 여자와 결혼했다. 자주 마주칠 뿐, 남자와 여자는 딱히 서로에 대한 관심도, 인연도 없었다. 사실 남자가 카페를 자주 가게 된 이유는 길을 걷다가 우연히 쳐다 본 카페에서 일하는 바리스타에게 첫눈에 반했기 때문이었다. 남자는 이후로 그 카페를 자주 갔고, 바리스타가 남자의 복잡한 주문을 굳이

외우지 않고 몸이 기억하여 (이것은 마치 이 글을 보는 사람 중 다수가 본인 집의 도어 록 비밀번호를 외우지 않고 몸이 기억하여 치고 들어가는 것과 같다.) 만들게 되었을 때, 남자는 바리스타에게 청혼하였다. 하지만 바리스타는 그의 청혼을 잘 자란 단호박처럼 거절하였다. 이유는 남자가 항상 다 마신 컵 안에 빨대 비닐을 잘게 찢어서 넣어 놓았기 때문이었다. 실연당한 남자가 카페를 나가려고 등을 돌리자 자신과 똑같이 컵에 빨대 비닐 포장을 잘게 찢어서 넣고 있던 여자와 눈이 마주친다. 그렇게 남자와 여자는 서로 구면이지만 첫눈에 반하여 결혼하였다. 자식은 없었지만 경도 비만의 노르웨이의 숲 고양이를 키우며 완만히 지낸다. 고양이는 18살까지 살다가 세상을 떠난다.

어느덧 36세가 된 남자는 일생 동안 한 번도 물수제비를 2개 이상 성공한 적이 없었다. 2개 "이상" 성공한 적이 없다는 것은 물수제비를 하려고 해도 항상 1개만 성공했다는 말이니 전혀 못 했다는 말과 동일하다. 어릴 적 다른 아이들은 서로 물수제비를 몇 개 하는지 내기를 하고 있을 때, 그는 그저 일렁이는 호수에 돌만 던지고 있었던 것이다. 남자는 그것을 자신의 와이프에게도 말하지 않을 정도로 부끄럽게 생각하였다.

42세가 되었을 때, 세상을 떠난 노르웨이 숲 고양이를 힘겹게 잊어버리고 헛짖음이 많은 바셋하운드를 키우기 시작했다. 화창한 어느 날, 남자와 인공저수지에서 산책하던 바셋하운드는 어느 나무에 집착하여

오렌지 브라운 스코티시 폴드

오랫동안 냄새를 맡았다. 남자는 그런 자신의 반려견을 잠시 나무에 묶어두고 저수지 수면 위로 물수제비를 시도한다. 예상과 달리 4개를 성공하고 그 자리에서 놀란 염소처럼 몸이 굳어 버린다. 몇 분 후 남자의 바셋하운드가 주인을 향해 짖기 시작했다. 정신을 차린 그는 좀 전의 상황을 믿지 못하고 다시 물수제비를 시도한다. 이후로 수도 없이 시도해 보았지만 성공하지 못하였다. 남자는 그 돌만 물수제비가 가능한 것이라고 믿어 의심치 않았다. 돌을 다시 찾기 위해 저수지 안으로 들어갔다. 몇십 분 뒤, 남자는 저수지에서 몸이 뒤집힌 채 떠오른다. 그의 부고는 안타깝지만 죽기 직전에 물수제비에 성공했다는 만족감으로 이승을 떠도는 귀신은 되지 않았다. 하지만 지옥에 떨어졌으니, 이유는 그가 던진 물수제비에 죄 없는 개구리가 여럿 맞았기 때문이었다.

## ▌상류보다 위

특별한 이유는 없지만 어릴 적 가족들과 계곡을 자주 갔다. 평상에 앉아서 물에 발조차 담그지 않는 나를 보고 엄마는 순식간에 윗옷을 벗겨 계곡물에 들어가라 등을 떠밀었다. 말하지는 않았지만 대각선 위쪽 평상에 자리 잡은 아저씨가 신나게 물장구를 치다가 갑자기 멈춰 서고는 몸을 부르르 떠는 것을 보았기에 끝까지 들어가기 싫다고 떼를 썼다. 우리 가족이 아저씨보다 더 상류에 자리 잡았다면 나는 분명 물에 들어가서 형들과 잡은 물고기를 모은 두 손에 담아 부모님께 보여 드렸을 것이다.

여름방학이 되었지만, 사교육에 관심이 없는 방목형 가정의 나와 친구들은 늘 심심했다. 매일 만났지만 하는 것이라고는 자전거를 빌려 타다가 친구 집에서 낮잠을 자고 집에 돌아가는 것이 전부였다. 어느 날은 친구가 아파트 단지 뒷산에 가자고 했다. 어차피 할 일도 없으니 거절할 이유가 없었다. 땀에 절어 산을 올라가자 큰 계곡이 보였다. 사람이 정말 많았다. 우리는 더 특별한 곳이 있으리라 생각하여 더 깊이 산을 올라갔다. 그렇게 아무도 없는 계곡의 가장 상류에 도착했다. 물

오렌지 브라운 스코티시 폴드

이 정강이까지밖에 오지 않고, 폭도 좁았지만 잠깐 놀기에는 충분한 크기였다.

물속에서 가재를 찾았지만, 알을 밴 것을 보고 잡는 것을 포기했다. 그저 돌들을 들추며 손톱만 한 민물새우를 관찰하는 것 말고는 할 일이 없었다. 그렇게 허송세월만 보내던 중에 친구는 계곡물이 흘러서 내려오는 커다란 콘크리트 굴을 발견했다. 길이가 많이 길지는 않은 듯 굴 반대쪽에서 농구공만 한 깨끗한 녹색의 빛이 보였다. 빛을 따라 굴 안으로 걸어 들어가니 친구와 나누는 대화가 울려 여러 번 들렸고, 점점 낮아졌다. 굴이 어두워서 보이지 않았지만 미끈거리는 이끼에 넘어질까 두려워 붙잡고 있는 벽을 이어 천천히 걸어가니 굴을 빠져나올 수 있었다.

그곳은 여러 나무의 잎이 햇빛에 투과되어 남향으로 설계된 오래된 성당의 스테인드글라스처럼 여전히 녹색의 빛이 주변을 감싸고 있었다. 거기다가 물도 허벅지까지 올 만큼 높았다. 물속 내 발목에는 잔잔한 물결과 작은 민물고기들의 지느러미가 부딪쳤다. 제대로 된 계곡을 발견한 친구와 나는 신이 나서 어느 정도 묵직한 바위까지 힘을 합쳐 들추며 놀았다. 얼마나 지났을까. 바위를 들추는 것에만 소질이 있던 나는 물고기를 하나도 잡지 못했다.

친구에게 어떻게 해야 잘 잡을 수 있는지 물어보았다. 가장자리에 풀이 많은 곳을 뒤져야 하고, 물속에 미리 손을 넣고 천천히 다가가 잡아야 한다고 말해 주었다. 나는 바로 풀이 우거진 계곡의 가장자리로 가서 손끝의 감각에 의존한 채 물 밑을 더듬거렸다. 그러자 어느 지점에서 돌과 자갈 대신 기분 나쁜 벨벳 같은 느낌이 나는 것이 있어 본능적으로 잡아당겼다. 백골과 아직 다 썩지 않고 피가 빠진 힘줄에 엉겨 붙은 가죽이 풀 속에서 줄지어 나오자 무엇인지 확인할 수 있었다. 짧은 털을 가진 개의 사체였다. 소스라치게 놀라서 그것을 던져 버리고 물 밖으로 나왔다. 내가 나온 자리는 흙탕물이 생겨 밑이 보이지 않았다. 다행히 그렇기에 천천히 물 밑으로 꺼지던 개의 사체도 보이지 않았다. 친구에게 빨리 물에서 나오라고 말한 뒤 같이 집으로 돌아갔다.

산을 내려오며 하류에서 재밌게 놀고 있는 수많은 사람들을 보았지만 누구에게도 내가 잡아 올린 개의 사체에 대해 말하지 않았다. 가족들과 같이 간 계곡에서도 재밌게 놀고 있는 형들에게 몸을 부르르 떠는 아저씨에 대해 말하지 않았던 것이 기억났다. 이렇게 상류의 비밀을 알아버릴 것이었다면 차라리 하류에서 아저씨의 변을 맞으리.

## ┃ 오렌지 브라운 스코티시 폴드

　봄인지 여름인지 그 중간 애매한 위치의 5월 초에는 사람들의 옷차림에는 평소보다 강한 개성이 들어간다. 기다렸다는 듯이 짧은 팬츠와 크롭티를 입고 당당히 걷는 저 사람, 주머니에 손 꼭 찌르고 멀어져 점이 된 봄의 뒷모습만 쳐다만 보고 이미 등 뒤로 와서 기다리다 지쳐 답답한 마음에 검지로 조심스럽게 어깨를 두드리는 여름에게 마음을 열지 못한 저 사람은 드라이클리닝 할 때가 온 검정 캐시미어 코트를 아직 입고 있다. 개성이라고는 찾을 수 없는 나는 검정 가방에 그저 회색 맨투맨을 아직 고집하며 약속을 위해 김포행 비행기를 기다린다.

　딱히 그렇다 할 수화물이 없으니 셀프 체크인을 하고 바로 탑승 게이트로 향한다. 하지만 이미 게이트 앞 의자에는 많은 사람들이 기다리고 있다. 어쩔 수 없이 부담스러울 정도로 많이 남은 시간을 죽이기 위해 아무도 보지 않는 TV 앞에 자리한다. 역시나 아무도 보지 않는 TV에는 아무도 보지 않는 이질감이 느껴지는 세트에서 녹화한 패널 프로그램이 나오고 있다. TV 뒤로는 탑승 준비에 바쁜 승무원들이 지나다닌다.

"저기요."

어디선가 많이 본 클리셰처럼 누군가 손가락 두 마디 끝으로 어깨를 두드린다. 고개를 돌리지만 대답은 하지 않았다. 보통을 넘지 못한 키에 여유감 있는 와이드 팬츠, 네온 페인팅이 된 흰 반팔 오버 티셔츠, 날개뼈를 조금 넘는 오렌지 브라운 톤 히피펌의 그녀는 나보다 1시간 늦은 김포행 비행기를 기다린다고 말했다.

"게스트 하우스에 휴대폰을 두고 온 것 같아요. 같이 간 친구는 아직 그 게스트하우스에 있을 것 같아요. 제 휴대폰을 가져와 달라고 해야 할 것 같아요."

어느 하나 확답 없는 문장 뒤 그녀는 나의 행동을 기다리고 있는 듯 고개를 들고 바로 쳐다보지 못하는 내 눈을 흘깃 보고 있다. 친구의 번호를 아는지 물었다. 대답보다는 힘껏 고개를 위아래로 한 번 끄덕인다. 나도 말없이 내 휴대폰을 건넸다. 보통은 그냥 지나갈 일이지만 그럴 수 없었다. 그녀는 무언가 신용할 수 있는 이미지로 비쳤다. 신용만큼 거부감 또한 그리 들지 않았다. 어느 정도 통화 후 그녀는 내게 휴대폰을 돌려주었다. 다행히 친구가 공항으로 출발하기 직전 이미 그녀의 휴대폰이 있는 것을 보고 가지고 나왔다는 이야기였다. 연신 감사하다며 매고 있는 백팩을 한참 무언가를 열중하듯 바삐 부스럭거리더니 갈색 종이봉투 안에 담긴 작고 앙증맞게 생긴 오동통한 가리비를 주었다.

"김포에서 내리면 기다려 주실 수 있나요?"

"친구가 기다리고 있어요. 죄송합니다."

반사적으로 거절을 던졌다. 그 순간 안내 방송에는 탑승하라는 멘트가 나오고 뒤늦게 그녀는 나의 대답에 크게 고개를 한번 위아래로 흔들고 인사와 함께 사라졌다. 비행기를 탑승하고 사이드 엔진음이 들리자 난 잠시 후회하였다. 비행기가 이륙하고 40분 동안 난 잠을 잤다. 꿈속에는 작은 오렌지 브라운의 이례적으로 곱슬거리는 스코티시 폴드 고양이가 나의 두 다리 사이로 뫼비우스의 띠를 두세 번 돌고 사라졌다. 착륙 후 잠에서 깬 나는 한동안 후회를 하였다.

＊

겨울이 확실해지는 11월 말에는 사람들은 개성 없이 숏 패딩과 롱 패딩으로 나누어진다. 그 사람들 속 난 검정 롱 패딩을 걸치고 퇴근을 했다. 노트북을 열어 보이는 손바닥 너머 시선은 옆 오동통한 가리비에게 향했다. 입이 살짝 열려있다는 것을 처음 알았다. 그 속에서 가리비 발처럼 종이 모서리가 보였다. 가리비 속 종이를 열어 보니 시간이 지나 번진 글씨의 감사하다는 말과 전화번호가 적혀 있는 것을 보았다. 난 가리비를 받을 당시와 히피펌 스코티시 폴드 고양이를 생각한다. 그리고 당시보다 비행기에 오르고 한 후회 속 사이드 엔진음을 기억해 낸다.

## ▌각자의 불치병

평소에 "천부적"이라는 말을 좋은 뜻이든, 나쁜 뜻이든 믿는 편이다. 사람마다 각자 잘하는 것과 못하는 것이 전부는 아니어도 많은 비중으로 타고난다고 생각한다. 나의 친구가 턱걸이는 잘하지만 키위를 못 먹는 것과 사진을 찍을 때 절대 웃을 수 없는 것처럼 말이다. 나의 경우에는 이어폰 줄을 잘 풀지만(요즘은 대부분 무선 이어폰을 사용하기 때문에 상당히 애매해졌다.) 걷거나 뛰면서 물이나 음료를 마시지 못한다. 물론 살면서 그렇게 문제가 되는 것은 아니지만 꽤 불편하다. 예를 들어 친구와 점심을 먹은 후 카페에 가서 아이스티를 사들고 같이 이야기를 하며 걷고 있는 상황을 보면 참 어이가 없다. 친구가 앞을 보고 걸으며 이야기를 하다가 옆을 돌아보면 나는 없다. 왜냐면 가다가 멈춰서 아이스티를 마셔야 하기 때문이다. 친구는 나를 기다렸다가 어느 정도 나란한 위치가 되어 다시 이야기를 하다 보면 나는 또 옆에 없다. 뒤에서 아이스티를 마시고 있으니까.

이렇게 대화의 단절이 발생한다. 그러고 싶지 않아도 어쩔 수 없는, 내가 생각하는 "천부적"인 것은 이런 것이다. 좋든 싫든 고쳐지지 않는 불치의 병과 같다.

내 친구 중에는 "패트"라는 친구가 있다. "패트와 매트"라는 실제 인형으로 만든 퍼핏 애니메이션에 나오는 주인공을 닮았기 때문에 패트라고 부른다. (너무 많이 닮아서 도리어 이질감이 느껴질 정도로 고등학교 졸업 사진도 패트 분장을 하고 찍었다. 특이 사항으로는 〈태백산맥〉을 쓰신 조정래 작가님과 같은 가문에다가 같은 항렬이라는 것이 있다.) 패트와 함께 밥을 먹고 카페에 가서 아이스티를 시켰다. 나는 테이크아웃이냐고 묻는 점원의 질문에 먹고 갈 거라고 대답했다. 패트는 나에게 먹고 간다니 너는 그렇게 한가하냐며 핀잔을 주었다. 나는 진지한 표정으로 입을 열고 고백했다.

"있잖아. 나는 사실 불치병이 있어."

나의 진지한 표정만큼 패트의 표정은 아까 전 따지는 말과 표정에서 재빨리 진지하게 변하지 못한 그 사이 언저리의 어색한 웃음이었다.

"그게 무슨 병인데?"

"나는 사실 걸어 다니면서 음료를 못 마셔. 체할 것 같아."

"그러든지."

기대한 대답이 아닌지 패트는 실망하듯 말하였다. 이 아이는 천부적으로 공감 능력이 부족한 것 같다.

오렌지 브라운 스코티시 폴드

## 시라노, 괴물

어쩌다가 비교적 이른 나이에 자취를 시작했다. 너무 급하게 대충 구해서일까. 외진 동네에 이웃의 반은 무서운 외국인(외국인이 무서운 것이 아니라 '무서운 외국인')이었고 쓰레기를 버리는 곳은 너무 멀리 있었다. 이외에도 다른 불만사항이 많았지만 큰 문제가 되는 것은 아니었다. 막상 혼자 살아 보니 느끼는 가장 큰 문제는 집에 들어가는 것이 무섭다는 것이다. 가장 편안해야 할 거주공간이 무섭다니 정말 비극이지만 사실이다.

어이없게도 이유는 나에게 있었다. 평소와 다름없이 일과를 끝내고 자취방에 들어갔다. 현관문을 열고 들어가서 얼마 동안 어둠 속에서 전등 스위치를 찾고 있었다. 스위치를 찾는 동안 나는 무슨 이유에서 인지 '내가 집에 없는 사이 옷장이랑 침대에 괴물이 생긴 것은 아닐까?' 라는 동화적인 상상을 했다. 정말 있기를 바라서 한 것은 아니었지만 그 멍청한 상상을 하고 난 직후, 옷장 속 옷걸이 봉이 떨어져 제법 큰 쿵음이 들렸다. 그 순간 나는 책상에 엎드려 자고 있을 때 누군가 옆구리를 검지로 사정없이 찌른 듯 깜짝 놀라며 요란한 비명을 질렀다. 그때 이후로 반쯤 옷장 속 괴물을 믿게 되어 옷장을 열 때면 항상 옷걸이에 걸린 옷 사이를 뒤지며 괴물이 있는지 확인한다. 어차피 괴물과 마주치더라도 왜 여기 있냐고 별달리 따지지 못할 것이 분명하지만 말이다. 엎친 데 덮친 격으로 사건이 있고 며칠 후 잠 못 드는 새벽에는 침대 밑 괴물까지 만들어 내서 지금까지도 괴물이 내 발목을 낚아채지 못하도록 이불 속에 발을 꼭꼭 숨기고 잔다.

이제는 더 이상 이 불편한 동거를 할 수 없으니 상상으로 만든 괴물을 다시 상상으로 없애려 한다. 그래도 이왕이면 지금까지 같이 살면서 무섭기만 하지 해를 끼친 것은 없으니 좋게 마무리를 지었으면 좋겠다. 우선 괴물들의 감정을 자극하는 첫 번째 상상이다. 자취방에 들어온 나는 늘 하던 "거기 있는 거 다 아니까 빨리 나와라!" 같이 허공에 하는 멍청한 혼잣말은 집어치우고 침착하게 전등 스위치를 찾아 킨 다음 침대에 힘없이 앉는다. 그러고는 축 처진 어깨너머로 "그만 나가 주면 안 될까? 너무 힘들어."라고 말한다. 그럼 괴물들은 눈치를 슬슬 보며 조심스럽게 나와 현관에서 대충 신발을 구겨 신고 "신세 많았습니다. 그리고 다음 장조림 만들 때는 올리고당은 넣지 말아주세요. 너무 달아요."라고 한 뒤 조용히 문을 열고 나간다. 이 방법은 괴물이 만약 내 생각보다 더 양심이 없으면 실패할 수 있으니 두 번째 상상으로 넘어가자.

자취방에 들어온 나는 곧바로 침대 밑으로 기어들어가 침대 밑 괴물에게 "있잖아. 옷장에 있는 애가 저번부터 너 계속 쳐다보는 것 같더라? 관심 있는 것 같은데 대시해 봐."라고 말한다. 그러면 침대 밑 괴물은 "그치, 나만 느낀 거 아니지? 역시 그렇다니까!"라며 있지도 않은 일에 맞장구를 칠 것이다. 나는 이제 침대 밑을 빠져나와 옷장 문을 열고 옷걸이와 핑크색 뚜껑의 하마 제습제를 치운 뒤 옷장 속 괴물에게 "있잖아. 침대 밑에 있는 애가 너한테 관심 있다는데? 잘해 봐."라고 말한다. 그럼 옷장 속 괴물은 "그래? 어멈머."라고 수줍어할 것이다. 이제 내가 할 일은 전자레인지에 카레를 넣고 돌리듯이 입꼬리와 눈썹을 들썩거리고 옷장 문을 닫은 다음 침대 위에 앉아 기다리기만 하면 되는 것이다.

얼마나 지났을까. 머리에 포마드를 멋들어지게 바른 신사가 장미꽃 한 송이를 들고 침대 밑에서 나와 가볍게 옷장 문에 노크를 한다. 그러면 프릴 원피스를 입은 숙녀가 옷장 문을 열고 나와 장미꽃을 받아 들고는 신사와 손을 잡고 도어 록 오픈 버튼을 눌러 띠리릭 현관문이 열리는 소리와 함께 밖으로 나간다. 해피엔딩에 열린 결말이니 이 방법이 좋겠다.

## ❙ 늦은 밤 악몽

제법 한기가 도는 늦은 밤, 지금 내 모습은 어떠할까. 아마 두꺼운 이불 위 옆으로 누워 대충 코를 골며 자고 있을 것이다. 그렇다면 이 의식 속은 자각몽이라도 되는 것인지.

여긴 어딘지 두리번거릴 필요는 없다. 자주 가던 산책로가 분명하다. 진정해야 한다. 항상 나오는 산책이며, 똑같은 루트지만 들뜬 마음은 몇 년째 감추기 힘들다. 나아가 익숙한 전봇대가 보인다. 내 소식을 남기자.

"오늘도 지나갑니다. 좋아요 한 번씩 찔끔 싸 주세요."

"좋은 거 많이 드셨네요. 좋아요 싸고 갑니다."

"저도 좋아요 싸고 갑니다~ 오늘은 굉장히 춥네요."

다시 익숙한 벌거벗은 벚나무를 지나고, 더 익숙한 하천 산책로에 진

　　　　　　　　　　　오렌지 브라운 스코티시 폴드

입하여 돌다리 옆 상처 많은 바위에 주변 소식을 듣고 간다. 뭉치는 이번에 입맛에 맞는 사료가 갑자기 바뀌어서 속상하고, 겨울이는 얼마 전에 간 애견카페에서 이상형을 만났단 이야기다. 걷다 보니 숨이 찬다. 아마 살이 쪄서 그럴 것이다. 하지만 아직 안길 때가 아니다. 저번 주 심장사상충 약을 받았을 당시 의사에게 비만이니 자주 운동을 하라는 말을 들었다. 그러니 "이 정도면 평균 체중 아닌가?" 같은 자해성 자기합리화는 접어두자. 조금 숨이 찬다고 심정지가 오지는 않으니 말이다. 어차피 곧 커브를 돌아 집에 들어갈 것이다. 허나 왜 더 가는 건지 잘 모르겠다.

"여긴 내가 모르는 길인데 왜 가는 거지? 오케이. 더 가도 되지만 이제 힘드니 안아 줘. 뭐 하는 거야. 그만 가라고? 더 간다면 사람들 다 쳐다보게 짖겠어. 이건 협박이야. 어서 집에 돌아가자고. 그만해."

무슨 일인지 도통 알 수가 없다. 이건 악몽일 것이다. 지금 내 모습은 어떠할까. 아마 두꺼운 이불 위 옆으로 대충 누워 엇박자 숨을 쉬며 눈꺼풀과 다리만 벌벌 떨고 있을 것이다.

*

악몽을 꾸는 모양이다. 깨우면 놀라니 진정될 때까지 앞발을 잡아 주자. 이렇게 늦은 밤에 괜히 호들갑 떨며 깨울 순 없다. 놀라지 않게.

오렌지 브라운 스코티시 폴드

# 비행기는 처음 타 보거든요

이른 아침 비행기를 타야 한다면 가히 사람은 두 가지 타입이 있다고 말할 수 있다. (비행기만이 아니라 어떤 약속이나 일정이 있다면 전부 해당된다.) 첫 번째는 일찌감치 충분히 여유 있는 시간에 일어나 천천히 준비를 하고 또 천천히 가는 것이다. 두 번째는 시간이 없는 걸 알면서도 빠듯하게 일어나 혼신을 다해 준비 후 또 빠듯하게 가는 것이다. 나는 전자라고 할 수 있다. 태생이 시간 개념이 없어 지각을 하지 않으려고 하다 보니 항상 이른 시간에 준비하고 나가 도착하는 편이다. 지독한 플랜맨이 되는 쪽보다는 낫다고 본다.

공항에 가까이 살지도, 그렇다고 차가 있지도 않으니 아침 비행기를 위해 새벽에 일어나 시내버스를 타고 고속터미널로 간 다음 공항 직행 버스를 탄다. 공항에 도착하여 나름 천천히 수속을 밟는다고 노력은 했지만 적어도 2시간이 남는다. 언제나 마지막 손님을 찾는 안내 방송과 바쁘게 움직이는 지상직 승무원, 눈빛이 흐린 보안요원 사이에 어색하도록 여유 넘치는 나는 유리에 붙은 촬영 금지 투명 스티커 너머의 분단국가의 흔한 민간공항과 군사공항을 바라본다. 각색의 보잉 항공기들이 출항과 착륙을 반복하고 드물게 군용 헬기가 보인다. 출발 15분 전 탑승을 시작하고 오른쪽 창가의 F열에 앉는다. 출발 후 드라마를 시청하느라 단 한 번도 허리를 핀 적이 없는 E열의 손님이 나의 어깨를 가볍게 톡톡 두드린다.

"비행기 처음이세요?"

"아니요. 가끔 탑니다."

"어머나 어머나. 저는 비행기 처음이거든요! 맨날 배만 타서….."

"배도 좋을 것 같아요. 부럽습니다."

"어멈머."

착륙 후 승무원의 무미건조하면서도 친절하지만 안내에 따라 짐이라고 해도 옷 두어 벌 든 가방을 들고 국내선 1번 게이트를 빠져나온 후 머리를 쥐어박듯 내 말의 모순을 눈치챘다.

배가 좋으면 배를 타면 되지 비행기를 타면서 바다가 좋다며 부럽다고 하다니… 머리가 어떻게 된 것이 틀림없다.

오렌지 브라운 스코티시 폴드

## ▎푸들 백

아파트 엘리베이터 안에 있는 초록색 발 받침대에 올라서도 집이 있는 8층 버튼에 손이 닿지 않았던 탓에 어린이집 선생님이 항상 엘리베이터 버튼을 대신 눌러 주시던, 크리스마스마다 공책이나 연필세트를 주고 같이 사진을 찍어 주는 분장한 어린이집 선생님을 진짜 산타 할아버지라고 믿던, 막 태어난 동생과 엄마랑 같이 자던 침대에서 한밤중 갑자기 떨어져도 바로 밑 아빠의 둥근 배에 떨어져 다치지 않았던, 내가 그 정도로 어린 시절의 우리 누나의 이야기다.

*

그 당시 우리 집은 큰 수조에 많은 구피를 키우고 있었다. 우리 집이 키운다고 하기보다는 엄마가 키운다는 말이 더 맞지만 말이다. 친구들이 집에 놀러 오면 현관에서 대충 신발을 던지듯 벗고 자랑스럽게 보여 줄 수 있을 정도로 정말 많았다. 우리 가족은 그런 구피를 좋아했다.

하지만 어느 날, 우리 누나는 집 앞 아파트 단지 놀이터에서 같이 노는 언니가 강아지를 키운다는 사실을 듣고 너무나도 부러웠다. 동시에

만날 때마다 강아지 자랑만 하는 언니가 밉고 질투 났다. 우리 집은 동생과 내가 아토피가 심했던 탓에 절대 강아지를 키울 수 없었다. 그 사실을 안타깝지만 누나도 너무나 잘 알고 있었다. 누나는 날이 갈수록 구피와 강아지를 비교하며 슬퍼했다. 그런 딸을 본 부모님은 어느 날 퇴근길에 보라색 푸들 모양 가방을 사서 누나에게 선물했다. 그저 작은 강아지 모양의 가방이지만 잘 때 이불도 덮어주고 거실 한가운데 가방을 두고 멀리서 손뼉을 치면서 이리 오라고 소리쳐 보기도 하며 정말 재밌게 놀았다. 그렇게 항상 가방과 행복한 일상을 보내던 중, 놀이터에 가니 우연히 그 언니가 있었다. 누나는 우쭐한 마음에 언니에게 가방을 보여 주며 말을 건넸다.

"언니! 나도 강아지 생겼다!"

우리 누나의 말과 보라색 푸들 모양 강아지 가방을 본 그 언니는 자기네 집에는 진짜 강아지가 있는데 이상한 애가 이상한 가방을 보여 주며 자기도 강아지가 생겼다고 하니 기가 찼다.

"그건 강아지 아니야! 바보야!"

말과 동시에 영 좋은 성격이 아니었던 언니는 누나가 소중히 아끼는 가방을 손으로 치며 바닥에 내동댕이쳤다. 강아지 가방이 모래 바닥에 떨어지는 것을 본 누나는 소리 지르며 가방을 주워서 안고 집에 돌아와 한참을 펑펑 울었다. 그때의 트라우마일까. 지금 우리 집에는 구피 대신 불 끄고 안고 자면 사람 같을 정도로 큰 레브라도 리트리버와 자고 일어나면 유난히 부드럽고 따뜻한 퍼그가 살고 있다. 나름 해피엔딩이다.

# ▌두 남자의 수박

　어느 외진 호텔의 조용한 여름 새벽, 한 남자가 자신의 방에서 나온다. 손에는 둥근 물체를 담은 듯 둥글게 처져 있는 검정 봉투가 있다. 한 걸음 한 걸음 슬리퍼 소리도 들리지 않을 만큼 조용히 긴 카펫의 복도를 지나 엘리베이터 앞에 멈춘다. 그 후 버튼을 누르고 엘리베이터를 기다린다. 도착한 엘리베이터에는 또 다른 남자가 타고 있다. 방금 탄 남자는 손을 올려 1층을 누르려고 했으나 이미 1층 버튼이 눌러져 불빛이 들어와 있다. 이미 반쯤 올라간 손을 내린다. 복도와는 다르게 밝고 좁은 엘리베이터 안은 조용하기만 하다. 서로 말은 하지 않지만 그렇다고 어색한 분위기는 아니다. 무거운 분위기의 두 남자는 분명 다르게 생겼지만 눈빛만은 닮았다. 눈이 아닌 눈빛이 닮았다. 분명 뚜렷하고 동일한 목적은 눈빛이다. 그 눈빛을 기억하고 우리는 조금만 더 지켜보도록 하자.

*

　조금의 시간이 지나고 머리 위 층수를 나타내는 빨간 숫자는 "1"을

　　　　　　　　　　　오렌지 브라운 스코티시 폴드

가리킨다. 미세한 중력이 느껴지고 엘리베이터 문이 열린다. 누구의 배려도 없이 자연스럽게 한 명이 내린다. 뒤를 따라서 다시 한 명의 남자가 마저 내린다. 무명작가의 갤러리처럼 1층 로비는 어둡지도, 밝지도 않다. 적당히 분위기가 있다. 사람은 전날 마감 정산을 하는 우직한 직원이 프런트를 지키고 있는 것을 빼면 아무도 없다. 둔탁하게 생긴 계산기를 쉴 없이 두드리는 프런트 직원은 두 손님에게 시선을 두고 않는다. 미간에 조금의 힘을 주고 있다. 분명 무언가 계산이 맞지 않아서 그런 것 같다. 그러나 아침 교대를 하기 전까지는 시간이 많이 남아 있으니 직원 걱정은 안 해도 된다.

직원의 무관심에 안심하고 큰 활엽수 화분 옆의 구석 창가에 남자들은 앉는다. 의자는 2개이다. 2개가 아니면 안 될 것이다. 만약 의자가 3개가 있다면 인기척 없이 등장한 검은 양복의 사나이가 남은 의자에 앉아 "우리는 당신들에게 무척 실망했어. 이것마저도 호사라고 생각하라고."라는 말과 함께 소음기가 장착된 글록으로 두 남자의 이마를 쏴 버릴지도 모르는 일이다. 안전한 두 개의 의자에 하나씩 앉은 남자들은 드디어 의문의 검정 봉투를 연다.

빛깔 좋은 수박이 들어 있었다. 어떻게 이런 명품 수박이 이런 외진 호텔에 있단 말인가. 역시 보통 일이 아니었다. 이제 끝을 보자고 생각하는 듯 남자들은 빨간 플라스틱 손잡이의 작은 과도로 수박을 썰기 시작한다. 이윽고 수박은 갈리고 정말 잘 익은 속을 보인다. 정확히 4조각으로 나누어진 수박은 두 남자의 손에 들린다. 과육을 씹는 소리조

차 들리지 않고 정말 조용히 허겁지겁 수박을 먹기 시작한다. 어떻게 그런 비범한 능력이 있는지 모르지만 얼마 지나지 않아 수박은 껍질만 남는다. 입을 팔뚝으로 대충 닦은 후 남자 한 명은 검정 봉투에 수박껍질을 챙기고 엘리베이터 앞으로 가 버튼을 누른다. 1층에 대기 중인 엘리베이터에 타고 그대로 사라진다. 아까 타고 온 엘리베이터이다. 다른 한 명의 남자는 과도를 챙기고 회전문을 지나 밖으로 나간다.

어제 일이다.

오렌지 브라운 스코티시 폴드

## ┃ 날아오는 종이 뭉치

어제 고등학교 입학식은 마쳤다. 오늘은 배정받은 반에서 수업을 시작한다. 뒷자리가 됐으면 하고 생각한다. 앞자리를 받기에는 내 뒤통수가 그리 예쁘지 않다는 걸 누구보다 잘 알기 때문이다. 어쩌면 보는 사람에 따라서 재수 없는 뒤통수일 수도 있다. 혹여나 내 뒤통수에 앙심을 품은 아이에게 돌돌 말린 종이 뭉치를 맞을지도 모르는 일이다. 만약 맞았다면 내가 어떻게 반응해야 할지도, 어떤 표정을 지어야 할지도 잘 모르겠다.

첫 번째 방법이다. 날아오는 종이 뭉치를 맞고 의자를 빼고 일어나 눈썹을 한껏 화난 듯 모으고 내 뒷자리 아이에게 따진다.

"야, 왜 던지냐? 시비 거는 거야?"

"나 아닌데?"

"그럼 너 말고 누가 있어!?"

아이는 바람이 심하게 부는 날 발에 날아와 좀처럼 떨어지지 않는 비닐봉지를 보듯 어이없고 귀찮단 듯이 자신의 뒤를 쳐다본다. 아뿔싸, 뒤에 두 줄이나 더 있었다. 뒷자리 아이들 모두 오랫동안 안 써서 먼지 쌓인 어두운 음악실로 데려가 취조를 할 수도 없는 일이니 관두자. 어차피 안 쓰는 음악실도 없으니.

두 번째 방법이다. 날아오는 종이 뭉치를 맞고 천천히 뒤로 돌아보고 내 뒷자리 아이에게 묻는다.

"저기, 이거 왜 던지는 거야?"

"나 아닌데?"

"그럼 누군데?"

아이는 별다르게 바뀐 표정 없이 자신의 뒤를 쳐다본다. 뒤에는 두 줄이나 더 있다. 모두 표정 연기가 일품이다. 그나마 연기가 어색한 아이 몇 명은 우수에 찬 듯 창문 밖을 바라본다. 내가 일반고가 아니고 예술고로 잘못 온 모양이다. 어쩔 수 없으니 체념한 듯 앞을 본다. 진범을 찾지 못한다.

세 번째 방법이다. 날아오는 종이 뭉치를 맞고 가만히 있는다. 어차

오렌지 브라운 스코티시 폴드

피 찾는다고 해도 학교생활 첫날부터 모르는 반 아이 책상을 깔 수도 없는 노릇이다. 그냥 가만히 있어야겠다고 생각한다. 그렇게 생각하니 마음이 편하다. 하지만 다시 날아오는 종이 뭉치를 맞는다.

사실 별다른 방법이 없으니 뒷자리를 배정받길 더 간절히 기도한다.

## ❚ 인생의 빨대

    나의 첫 직장은 서비스직이었다. 외국인이 길을 물어보면 자리를 재빨리 피하고 말솜씨도 좋지 못한 내가 어떻게 서비스업에 근무하게 된 것인지 돌아본다면 입사하기까지 그 짧은 인생 동안 모든 커다란 상황이 내가 생각했던 것과는 조금씩 다르게 흘러갔기 때문이다. 내가 상상하고 계획한 인생은 물에 넣기 전 빨대같이 아주 곧고 길쭉한 모양이다. 완벽을 추구하며 올곧게 뻗어 있을 것이라고 생각한 것이다. 하지만 인생은 내 생각과는 달리 여러 요인이 얽히고 얽히며 짧고 곧지 못한 것이 되었다. 빨대도 물에 넣음과 동시에 물의 투명성, 빛의 굴절 등으로 인하여 짧고 곧지 못한 것이 된다.

    중학교 3학년의 나는 공부를 너무나도 못했지만 무슨 자신감인지 바로 옆에 있는 지역에서 알아주는 인문계 진학을 희망했다. 도덕 과목을 담당하시던 담임 선생님도 "못 할 것 없지!"라는 긍정적 대답을 주셨다. 하지만 생각보다 정말 어려운 일이었는지 고등학교 원서접수 기간이 다가올수록 담임 선생님의 초반 긍정적인 대답은 후반 부정적으로 바뀌기 시작했다. 하지만 나의 생각은 조금도 달라지지 않았다. 얼마 동안의 상담 끝에 선생님은 답답하셨는지 나에게 말하였다.

"넌 빽빽이로도 못 가!"

나름 직설적이고 충격적으로 받아들여질 수 있는 말이었지만 난 내 내신성적을 알았기에 "역시 나도 양심이 너무 없었구나."라는 생각을 하고 상업고등학교에 입학한다. (오히려 확실한 답을 주신 선생님께 감사하다.) 그것도 상업계열 학과였지만 이름은 관광학과여서 3년 동안 제2 외국어와 관광, 회계를 전공과목으로 배우게 된다.

그렇게 시간이 흘러 난 3학년이 되어 다시 대학과 취업 중에 골라야 하는 시기가 다가왔다. 당연히 난 관광서비스업을 희망하지 않아 대학에 갈 생각을 하고 있었다. 하지만 우연히 친구가 본다고 하는 취업 면접에 같이 가 덜컥 붙어 버린다. 전공과목도 전혀 좋은 성적을 받지 못하고 면접도 미안할 정도로 엉망인 내가 붙은 것이 스스로도 납득이 되지 않았다. 고등학교 담임 선생님과 이게 무슨 일인지 같이 고민하기 시작한다. 하지만 답이 나오지 않아 직접 담당자분께 왜 합격시키신 건지 물어보기까지 하였다. 담당자분의 답이 지금은 생각나지 않지만 답을 들은 후에도 나와 선생님은 납득하지 못하였다. 그렇게 담당자분은 내 인생에서의 첫 직속 상사가 된다. **별난 악연이다.**

## ❘ 뭉치와 뭉치와 뭉치

　서양의 작명법 중 아버지의 이름을 따서 작명을 하는 경우가 있다. 그리고 그 이름 뒤에는 항상 "주니어"라는 이름이 추가된다. 예를 들어 "로버트 다우니 주니어", "프랭크 시나트라 주니어" 같은 이름 말이다. 나에게는 이런 작명 문화가 서양문화 중 가장 이질적으로 다가온다. 나이가 들어서도 이름에 주니어가 들어가는 것도 그렇고, 할머니가 아들과 손자를 어떻게 부를지도 모르겠다. 어떻게 보면 이름 자체에 아버지 성함이 들어가니 존경심이 느껴지기도 한다. 고향 동네 어르신분들이 아버지 성함이 어떻게 되냐고 여쭈어보는 일은 없을 것 같다. 정말 익숙하지 않다.

*

　하지만 이 정도 가지고 이질적이라는 말을 쓰기에도 애매한 일이 있다. 고등학교 시절 한 친구의 강아지 이름을 물어본 적이 있었는데 뜻밖의 이야기를 들을 수 있었다.

　　　　　　　　오렌지 브라운 스코티시 폴드

"강아지 이름이 뭐야?"

"뭉치, 전에 있던 강아지가 나가고 돌아오지 않아서 새로 데리고 왔어."

"안타깝네. 전에 있던 강아지 이름은 뭔데?"

우선 우리 집안 강아지 작명법을 말하자면 이름 뒤에 "주" 아니면 "훈"을 붙인다. 내심 친구네 강아지 작명법이 궁금하여 한번 들어볼 생각으로 물어보았다. 하지만 길을 가다 몰래카메라를 당한 후 갑작스럽게 방송국 카메라가 들이밀어지는 상황과도 같이 당황한 모습을 감추기 힘들었다.

"아~ 전에 있던 강아지 이름도 뭉치야."

성심껏 대답해 준 친구에게 미안하지만 친구는 선대 뭉치에게 미안해야 할 것 같다. 아무리 뭉치가 지금 없다고 하지만 다시 뭉치를 데리고 오다니 뭉치는 주체할 수 없을 만큼 섭섭하지 않을까. 차리리 "뭉치 주니어"라고 작명하면 고개라도 끄덕일 텐데 이해가 되지 않았다.

"뭐라고? 그럼 뭉치 다음 이름이 뭉치라고? 뭉치라는 이름을 왜 두 마리 다 쓰는 거야?"

"아니야, 전(前) 뭉치 전(前)에도 뭉치가 있었어."

난 머리가 아프기 시작했다. 내가 너무 예민한지 생각해 보았다. 아무리 생각해도 아니다. 뭉치 다음에 뭉치 다음에 뭉치라니 이해가 너무 되지 않았다. 그 이후로 쉬는 시간을 모두 써 가며 "뭉치 작명법"에 대하여 열심히 토론하였던 것 같다. 다시 생각하니 머리가 아프기 시작한다.

오렌지 브라운 스코티시 폴드

## 젊은 파리지앵의 초원

　에펠탑 밑 편광 선글라스를 쓰고 일광욕을 하는 사람들이 있다. 그리고 그 사람들이 보이는 풍경의 허름하지만 집배원이 날마다 찾아올 정도의 다세대 아파트먼트, 그중 가장 좋은 전망의 방에도 물론 누군가 살고 있다. 그를 잠깐 알아보려 한다.

　방을 들여다보니 한 남자가 삐걱거리는 얇은 철재 프레임의 침대에 누워 있다. 침대의 매트리스에 누워 한쪽 다리만 빼고 흔드니 삐걱거리는 철재 프레임 소리도 같이 들린다. 한참을 다리를 흔들어대고 있다. 프레임 소리에 짜증이 날 때쯤, 갑자기 벌떡 일어난다. 그 후, 자연스럽게 캔버스 앞에 자리 잡는다.

　모네를 동경하고 본인 스스로를 나름 인상파 화가라고 생각하는 젊은 남자는 밝은 색을 좋아한다. 사용감 있는 붓과 보기 좋게 옅은 파스텔톤으로 착색된 팔레트를 들고 그림을 그리기 시작한다. 팔짱을 끼고 가만히 지켜본다. 이 젊은 파리지앵은 무슨 그림을 그릴지 궁금하던 찰나에 점점 형을 갖추는 그림을 마주한다.

가만히 들여다보고 있자니 그림 속 장소가 어떤 곳인지 상상이 되기 시작한다. 상상 속의 상상에 들어가는 것이다. 땅보다 먼저 반겨 준 햇살을 받아 보기 좋은 질감을 얻은 조각구름이 떠있다. 그 아래 드넓은 초원 한가운데 그림 속 그림 같은 언덕 위, 듬성듬성 길게 자란 잔디와 멀리 있는 숲의 나무 스치는 바람 소리만 들린다. 가볍게 걸어지는 잔디 위에 손부터 짚으며 조심스레 누우니 바다에 떠내려온 걸리버를 보고 놀라 황급히 묶기 시작하는 소인국 사람들과 비슷하게 잔디는 바람에 쓸려 나의 온몸을 소인국 사람들과 확실히 비교가 될 정도로 가볍게 묶는다. 잔디를 받아들이고 온전히 누워 눈을 감는다. 기분 좋은 풀내음만 느껴진다.

젊은 남자는 해가 지며 보라색이 된 도시의 노을을 보고 붓을 내려놓는다. 허기가 진 듯 배를 쓸어내리고 검정 로퍼를 신는다. 그 후, 민트색 현관문을 열고 밖을 나선다. 무엇을 먹을지는 모른다.

## 카페는 가지만 커피는 마시지 않는 사람

　약속 시간보다 1시간 일찍 와 버렸다. 오늘따라 지구 오존층이 없어진 듯이 유난히 더운 날이다. 만약 이런 날에 그늘 없는 야외 벤치에 앉아서 기다린다면 빨간 보도블록에 눌어붙은 까만 껌처럼 타들어가며 녹아 버릴 것이다. 방과 후 남아서 벌을 받는 학생이 스크레퍼로 떼 주지 않는 이상 아무도 관심을 주지 않는다.

　그런 불상사를 피하기 위해 이름부터 커피(Coffee)를 마시라고 지은 것 같은 근처 눈에 보이는 카페(Cafe)에 들어선다. 문이 열리고 점원은 들으라는 의도는 없이 형식적으로 인사를 한다. 눈도 마주치지 않는다. 그렇다고 무성의한 인사에 기분 나쁜 티를 내며 메뉴를 시키지 않고 바로 안으로 들어간다면 분명 "뭐야, 또 화장실만 쓰고 가는 사람이군."이라고 생각할 게 뻔하다. 하지만 난 카페의 회전율은 전혀 신경 쓰지 않고 메뉴 한 개를 시켜 혼자 4인용 테이블에 앉아서 1시간을 보낼 예정이기에 먼저 주문하고 들어간다.

　"플레인 요거트 스무디 주세요."

"네, 드시고 가세요?"

나는 끄덕이고 계산 후 벨을 받고 자리에 앉는다. 몇 백에서 몇 천까지 주고 커피머신을 들인 사장에게는 미안하지만 난 커피를 마시지 않는다. 누군가 같이 카페에 가서 커피가 아닌 스무디나 티 종류를 시키면 지퍼를 활짝 열고 번화가를 다니는 진지한 표정의 백패커를 보듯 말할까 말까 고민하는 눈빛을 3초 정도 보낸 후 끝내 말한다.

"스무디 좋아하나 봐?"

"커피를 안 마시니까 어쩔 수 없는 걸."

나름 매너 있게 직설적이지 않고 돌려서 물어본다. 참 예의가 바른 사람들이다. 그렇게 하지 않고 "왜 커피 안 먹어! 도대체 왜!"라고 물어봐도 별 차이 없이 대답할 텐데 말이다. 대부분의 사람들은 커피를 안 마신다고 하면 그다음 질문을 이어서 하지 않는다. 하지만 가끔 "어쩌다가?"라고 물어보는 사람도 있다. 그 질문에는 "안 친해서."라고 답한다. 이게 무슨 말버릇인가. 예의 있게 돌려서 말한 사람에게 예의 없이 돌려서 말하니 무례하다고 할 수도 있지만 사과 후 설명을 시작한다.

이제 막 성인이 되며 새내기 대학생이 되었다고 생각해 보자. 그리 익숙하지도 않은 술을 마시며 장 속 융털 방향 걱정은 전혀 안 한다는

오렌지 브라운 스코티시 폴드

듯이 놀아대는 것이다. 하지만 그것 외에 선생님을 교수님으로, 교실을 강의실이라고 바꿔 말하는 것 빼고는 고등학교와 다를 게 없는 대학은 새로운 친구를 사귀는 것도 똑같다. 어느 한 사람이 관심을 가지고 다가온다거나 우연히 같은 강의를 듣는 학생과 집에 가는 길에 겹치지 않는 한 별다른 인연 없이 졸업을 한다. 커피도 나에게는 똑같다. 살아가면서 우리나라 문화에 깊게 박힌 커피와 함께 하는 시간이 꽤 있었지만 그때마다 관심 없다는 듯 지나갔다. 남들이 말하는 고소한 냄새라든지 커피가 없으면 살지 못한다는 사람들의 말을 이해하지 못한 것도 있다. 그다지 친해지고 싶지 않았고, 커피도 그리 나에게 적극적으로 다가오지 않았다. 그 이유뿐이다. 그나저나 난 플레인 요거트 스무디는 진심으로 좋아한다.

## ┃ 앉아 있는 비둘기

세상에는 이미 알려진 공론이지만 몰랐다가 알면 신기한 일이 많다. 예를 들어 늑대는 바람둥이가 아닌 일부일처제라거나 개미굴에는 배설물을 모아두는 방이 따로 있다는 사실처럼 말이다. 만약 누군가에게 늑대는 바람둥이가 아니라고 말한다면 "그래서 어쩌라고?"라는 말 아니면 그래서 어쩌라는 눈빛을 보낼 것이다. 전혀 흥미를 끄는 이야기가 아닐뿐더러 궁금하지도 않은 이야기이기 때문이다. 그렇다고 만약 누군가 늑대는 바람둥이가 아니라는 말에 "정말? 그럼 그냥 바람을 안 펴서 바람둥이가 아니라는 거야 아님 어쩌다가 한 개체가 바람을 펴서 평균적으로 바람둥이가 아니라는 거야?"라는 세세하면서 복잡한 대답이 요하는 질문을 한다면 틀림없이 상대가 원하는 답을 말하지 못할 것이다.

언제나 익숙한 번화가를 지나고 있다. 사거리 앞 금은방 모퉁이에는 항상 비둘기들이 많다. 다른 곳은 없지만 왜 이곳은 이리도 많은지 아무도 모른다. 가끔 누군가에게 별다른 의미 없이 "왜 여기만 비둘기가 많은 걸까?"라고 물어보아도 대부분 질문 의도와 같이 의미 없는 추측

성 답만 내놓을 뿐이다.

"옆에 포장마차가 있어서 그런 거 아닐까?"

"그냥 비둘기들이 저 가로수를 좋아하나 봐."

그러니 어느 순간부터 더 이상 누군가에게 물어보지도 않으며 그럴 듯한 대답을 원하지 않는다. 작은 바람이 있다면 내가 저 비둘기 떼 앞을 지나갈 때면 신사적이고 리더십 있는 몇몇 비둘기들의 통솔로 저 많은 비둘기들이 길을 터주길 원할 뿐이다.

"자 여러분, 우리에게 적의가 없는 인간이 지나가니 아무것도 없는 보도블록은 그만 쪼고 길을 비켜 줍시다."

그렇게 비둘기들은 바쁘게 머리를 흔들며 내 앞을 비켜 준다. 하지만 현실은 그렇지 못한다. 의미 없이 이끼 가득한 보도블록을 쪼아대다 발밑 미세한 진동에 깜짝 놀라 얼마 되지도 않는 거리를 유유히 날아간다. 이러니 항상 어색한 사이를 유지할 수밖에.

다른 날과 다르지 않다. 난 사거리 앞 금은방 모퉁이를 지나간다. 역시나 같은 곳에 비둘기들이 모여 있다. 차라리 종이컵에 담긴 믹스커피를 마시며 시답잖은 농담 위주의 이야기를 하는 게 더 유익할 것 같다. 항상 똑같이 날지 않고 대부분 걸어 다니며 서로 정다운 인사도 하지 않는다. 버릇없이 까딱거리며 목례만 할 뿐이다. 그냥 지극히 평범한 도심의 비둘기다. 하지만 순간 헛것을 본 걸까. 앉을 수 있던 것이었다. 난 둥지가 아니면 서 있는 줄만 알았는데 그저 항상 바쁜 척 연기하고 보이는 시선이 없으면 눈치를 보고 쉬는 것인지도 모른다. 서둘러 휴대폰을 꺼내어 사진을 찍는다.

(카메라 셔터음)

누군가에게 혹시 비둘기가 보도블록에 앉아 있는 것을 본 적이 있냐

오렌지 브라운 스코티시 폴드

고 물어본다면 상대방은 "그래서 어쩌라고."라고 하거나 그래서 어쩌라는 눈빛을 보낸다. 대응하듯 휴대폰을 꺼내어 사진을 보여 준다. 작지만 자연스럽고 황당해하는 표정을 보인다.

＊

그럼 서핑하는 갈매기는 보셨는지?

## | 가장 평범한 국밥집

반쪽짜리 달이 떠있는 저녁, 바쁜 도시 옆 국밥집에 들어서자 표정 없는 사장이 말한다.

"몇 분이신지요?"

나는 고개를 들어 따가운 정전기가 느껴지는 뚱뚱한 회색 TV 옆 때가 탄 시계를 바라본다. 7시 56분 아니 57분이 되었다.

"57분입니다."

"그렇군요."

사장은 조용하고 표정 없이 고개를 끄덕인다. 역시 저녁때가 되었으니 국밥집에 왔구나라고 생각하는 듯하다. 나도 그렇게 생각하기 때문에 지금 이곳에 온 것이니 말이다. 짧게 두리번거리다 TV 옆 옥색 의자가 멋있는 자리에 앉는다. 이유를 말하자면 내가 방심한 사이 사장이

　　　　　　　　　　오렌지 브라운 스코티시 폴드

언제라도 몇 분인지 물어볼 수도 있고, 무엇보다 유리창이 선팅되어 있지 않은 탓에 식당 밖 거리의 행인과 어색한 눈빛을 주고받지 않도록 완벽한 시선처리를 하기 위함이다. 나는 프로그램의 중간 광고가 나오기 시작하자 안심하고 사장을 쳐다보고 말한다.

"국밥 하나 주시죠."

사장은 다시 표정 없이 고개를 끄덕인다. TV 속 시사프로그램 진행자는 진지한 토론을 끝내는 마무리 멘트에 들어간다.

"아, 시청자 여러분 오늘은 '감자탕집에 일행 4명이 들어가서 감자탕을 시키지 않고 각자 뼈해장국만 4개를 시키면 너무 개인주의인가?'에 대해 이야기 나누어 봤습니다. 다음 이 시간에 보다 심오한 주제를 가지고 여러분들 찾아뵙겠습니다. 감사합니다."

이어서 토론 세트장 화면이 줌아웃되며 동시에 서류를 정리하는 진행자를 끝으로 방송은 종료된다. 도대체 누가 받는지 모르는 방송에 도움을 주신 분들께 드린다는 상품권도 잊지 않고 소개된다. 다음 프로그램이 시작되기 전 광고가 나올 때 사장은 나의 어깨를 치며 검정 가죽 서류 가방 속 주문한 음식을 꺼낸다.

"백반 나왔습니다."

"저는 국밥을 시켰습니다."

"제가 국밥에는 영 자신이 없습니다."

"그렇군요. 제가 결례를 범했습니다."

　사장의 국밥 실력을 알지 못하고 무리하게 국밥을 시킨 나를 자책한다. 무엇보다 맛없는 국밥보다 맛있는 백반을 먹는 게 더 나은 일이니 별로 신경 쓰지 않는다. 오히려 다행이라 생각한다. 역시 당연히 백반 맛은 훌륭하다. 더 이상 TV는 눈에 보이지 않는다. 이 짧은 시간 속 백반에만 온전히 집중한다. 이럴 수가, 반찬 중 눈치 없는 깍두기 다 떨어지고 말았다. 나는 서둘러 사장에게 깍두기를 더 주라고 말한다. 역시나 사장은 표정 없이 고객을 끄덕인다.

　얼마나 지났을까. 국밥집 출입문의 요란한 종이 울리며 덩치 큰 깍두기가 들어온다.

"죄송합니다. 급하게 뛰어왔으나 시간이 오래 걸렸네요."

　난 그런 것은 신경 쓰지 않는 편이니 괜찮다. 이 공손한 깍두기를 내 앞자리에 앉히고 난 다시 백반에 집중하며 식사를 이어간다. TV는 계속 광고가 나오고 있다.

　　　　　　　　　　　오렌지 브라운 스코티시 폴드

# 거북이 사는 거북 모양 호수의 거북공원

여수의 제일 번화가라고 할 수 있는 흥국상가, 시청과 부영 3단지 사이에는 작은 공원이 하나 있다. 공원 가운데에는 작은 인공호수가 있는데 (연못인지 호수인지 잘 모르겠지만 호수라고 하자. 어차피 난 연못과 호수의 차이도 모르니.) 제법 큰 거북이가 세 마리 정도 살고 있으며 호수 모양이 거북이 모양을 하고 있어 공원의 이름은 "거북공원"이다. 하지만 거북이는 자주 모습을 보여 주지 않아서 항상 거북이가 있느냐 없느냐는 논란의 중심에 서 있기도 하며 (난 누가 뭐라고 해도 일광욕을 하는 거북이 3마리를 봤다.) 잘 어울리는 연인들의 작은 산책로가 되기도, 동네 어르신들의 바둑 경기장이기도, 온 여수에 있는 비둘기들의 안식처가 되기도 한다.

또한 오래전 샌드위치를 파는 프랜차이즈인 서브웨이가 있기도 했지만, 근처 학교 원어민 선생님들 빼고는 아무도 사 먹지 않는 탓에 망해 버렸다는 슬픈 이야기가 있다. 5년 정도만 늦게 열었어도 대성공을 할 수 있었을 것 같은데, 아쉽다. 서브웨이가 없어지자 학교의 원어민 선생님들은 점심식사를 할 수 없게 되었다며 연신 오 마이 갓을 외쳤다고 한다. 물론 그 이후로 여수에는 서브웨이가 아직도 생기지 않아서 원어민 선생님들은 입에 맞지도 않는 차가운 철판에 담긴 학교 급식을 힘겹게 드시고 계신다.

혹시라도 여수 여행을 가게 되면 지나가는 외국인분께 서브웨이가 어디 있는지 물어보는 일은 없었으면 한다. 그 외국인이 원어민 선생님을 하고 있을 경우 아픈 상처를 들췄으니 상당히 죄송스러운 마음을 가져야 한다. 지금은 어느 정도 규모가 있는 스타벅스가 생겼으니 커피 걱정은 없을 것 같다.

또한 호수 옆에 넓은 잔디밭도 있어서 건강해 보이는 대형견과 견주가 같이 원반던지기를 하기도 하고 아이들이 보조 바퀴가 있는 자전거를 타기도 한다. 밤이 되어도 밝아서 사람들이 낮보다는 아니지만 제법 있는 편이다. 밤에도 이슬 맞는 잔디가 반짝거리고 잘 자란 버드나무가 작은 바람에도 살랑거린다. 버드나무가 옆에 있는 벤치에 앉아서 호수를 보고 있으면 마음이 정말 편안해진다. 그래도 원어민 선생님분들 복지를 위해 서브웨이는 다시 생기는 건 어떨까. 나도 좋고.

## 소소함이란

    다른 사람도 마찬가지겠지만 내가 어릴 때는 굉장히 큰 바람과 꿈이 있었다. 예를 들어 세계평화라든가, 로또 1등 당첨이라든가. 물론 아직까지 이루어지지는 않았고, 커보니 나는 로또에 관심이 없는 사람이 되어서 앞으로도 이루어지기는 힘들 것이다. 얼마 전 전구 없는 스탠드 조명에 손가락을 넣어 보듯 찌릿하고 자리에서 일어나 초등학교 생활기록부를 출력했다. 이유는 없다. 그저 그냥 생각이 났고 참을 이유나 생각도 없었기 때문이다. 초등학교 4학년까지는 장래희망이 전부 대통령이라 되어 있었다. 담임 선생님은 그걸 전산에 입력하며 무슨 생각을 하셨을까? 그만 생각하자. 그 당시 나는 정말 전구 없는 스탠드 조명에 손가락을 넣어 보는 아이였으니 말이다. 찌릿 수준이 아니었다.

    언제는 친구에게 꿈이 있는지 물어보았다

    "야, 꿈이 있냐?"

    "로또 당첨."

이 친구는 이루기 힘들 것 같다. 로또를 사지도 않으면서 로또 1등 당첨이 꿈이라니. 기가 찼다. 친구에게는 지나치게 면박을 주고 다시 더더 작은 바람은 있는지 물어봤다.

"내 방에 포스터가 하나 있는데 말이야. 마스킹 테이프로 벽에 붙여 놨는데 계속 떨어지더라고. 그것 좀 안 떨어졌으면 좋겠어."

"스카치나 박스 테이프로 붙이면 되잖아."

"그러다 벽지 뜯어지면 도배비 줄 거야?"

"미안."

"그럼 넌 뭐가 있는데?"

"일하고 있는데 퇴근까지 한 시간 정도 남은 거야. 근데 갑자기 부장이 와서 다른 쓸데없는 말 없이 그만 퇴근하라고 하는 거야. 어때?"

친구는 생각보다 현실성도 없고 별로라고 했다. 맞는 말이다. 사실 나도 마스킹 테이프 접착력을 항상 아쉽게 생각하고 있었다.

오렌지 브라운 스코티시 폴드

# 누추한 곳의 귀한 해달

    매년 여름방학만 되면 약속이라도 한 듯 일하던 횟집이 위치한 작은 포구가 있는 해안마을은 모두 주황 지붕이다. 이유는 알 수 없다. 기묘하게 여느 때와 같이 아침 10시에 출근을 하니 기와, 플라스틱 기와, 석고 기와 모두 주황색 기와가 되어 있었다. 마을의 개성은 생겼지만 집마다 각기 다른 기와의 개성은 사라지고 말았다. 그것 말고는 처음 왔을 때와 똑같다. 물 빠진 포구에서 기울어진 어선 밑에 자리 잡고 따개비를 떼는 할아버지, 겨울 조업만 있어 여름에는 대문 앞 의자에 앉아 멍하니 바다를 보며 하루를 보내는 사람들, (모두 약속이라도 한 듯 대부분의 집 대문 앞에는 의자가 있다.) 이른 아침 올라온 배에서 내려 해풍에 말린 오징어를 파는 외국인 노동자, 그리고 일하는 횟집 모두 그대로인 것이다.

    친구와 나는 출근을 하자마자 어젯밤에 퇴근하며 던져둔 통발을 꺼내어 무엇이 들었는지 확인한다. 가끔 노래미나 문어가 올라와 사장님께 가져가면 몇 시간 후 점심이 되어 있다. 그리고 일을 하고 퇴근하며 건졌던 통발은 다시 던져두고 간다. 무엇이 나올지 모르는 자연의 캡

슐토이 같은 것이다. 가끔 앞에 나가보는 바다도 마냥 심심한 풍경은 아니다. 근처 양식장에서 폐사해 버린 도미가 떠내려오거나, 보고도 믿기지 않을 만큼 거대한 노무라입깃 해파리가 돌아다니기도 한다. 다시 횟집으로 들어오는 나를 보고 사모님은 여쭤보신다.

"뭐시 있디?"

"큰 해파리가 있더라고요."

"뭐? 진즉 말해야지!"

라고 하시며 바다로 우다다 뛰어가셔서 놀라 따라가면 해파리가 아니라며 약간 실망하고 다시 들어가신다. 아마도 냉채감은 아닌 모양이다. 설사 냉채감이어서 그 해파리가 점심으로 올라온다면 내 몸은 그때부터 미동도 없이 싸늘해질 것이다.

"엇 해달이다!"

집과 의자만 번갈아 돌아다니셔서 한 번에 다섯 발자국 이상 걸어 다니는 걸 못 봤던 옆집 아저씨는 단숨에 포구의 어선 갑판에 올라간다. 2층에서 자던 친구와 1층에서 마늘을 썰던 나도 단숨에 포구로 가 본다.

오렌지 브라운 스코티시 폴드

"보노보노라니!"

나와 친구는 이번 여름 들어서 그렇게 설렌 적이 없었다. 하지만 너무 늦게 간 탓에 바다에 재빠르게 들어가는 회색에 나름 오동통한 꼬리만 보았다. 보노보노는 생각보다 겁이 많았다. 나와 친구는 이번 여름 들어서 그렇게 실망한 적이 없었다. 그래도 싸인 한 장은 해 줄 수 있는 거 아닌가.

## ▍깐깐한 안경의 까탈스러운 부장님께 드리는 사직서

이건 아니다. 정말 이건 아니다. 몇 년 전 이직을 위해 면접을 본 후 합격하여 설레던 그 회사가 지금은 굉장히 불편해졌다. 나만의 독립적 업무 공간이라 생각했던 파티션은 누구나 똑같은 크기로 공장에서 복사하듯 찍어낸 관과 같이 내 몸에 전혀 맞지 않는 것처럼 느껴지며 항상 똑같이 올리는 결재 서류는 모바일로 하는 금융상품 신청과 같이 몇 번을 해도 끝나지 않는 서명만 줄기차게 하고 있는 것이다. 점심시간이 되어 식사를 하지 않고 거친 싸구려 수의 같은 직물 시트 의자에 앉아 눈을 감고서 실행에 옮길지는 미지수지만 진지하게 사직서 제출을 생각한다.

작성부터 제출까지 군더더기 없이 깔끔해야 회사나 나에게도 뒤탈이 없으니 이렇게 시간을 내어 생각하는 것도 업무의 연장이라 할 수 있다. 그렇다고 조용히 지켜보던 부장님이 다가와 "김 사원은 점심시간에도 사직서 생각하면서 쉬지를 않는구만!" 하며 어깨를 토닥이지는 않는다. 아니다. 그냥 내 근처에 오지 않으셨으니 오히려 좋다. 우선 사직서를 작성 후 어떻게 제출할지가 문제다.

오렌지 브라운 스코티시 폴드

첫 번째, 사직서를 인쇄 후 서명을 한 뒤 결재판과 함께 자리에 앉아 있는 부장님에게 간다. 깐깐하게 생긴 직사각형 렌즈의 안경을 반쯤 내리고 나를 올려다보는 까탈스러운 부장님은 내가 무슨 말을 할지 이미 알고 있다. 의자를 가지고 옆에 앉아 보라고 한다. 그러고는 입을 열고 말씀을 하신다.

"김 사원, 잘하다가 갑자기 왜 그러는 건가? 면접 볼 때 포부가 굉장해서 내가 상무님 설득해서 합격시켰는데 실망이구만. 김 사원 올해 몇 년 차지?"

"2년 차입니다."

"그래, 곧 승진도 생각하면서 더 열심히 해야지. 어떤 업무나 직장을 알게 위해서는 적어도 3년은 해 봐야 하는 거야."

이 정도 듣다가 가망이 없다는 걸 알아차린 나는 부장님에게 정중히 안경을 달라고 말씀드린 후 받자마자 반으로 쪼개고 그냥 사무실 밖으로 나가고 싶다는 상상을 한다. 첫 번째는 그만 알아보자.

두 번째, 미리 짐을 정리하고 사직서를 인쇄 후 서명을 한 뒤 봉투에 넣고 자리에 앉아 계신 부장님에게 간다. 그리고 부장님께 사직서가 든 봉투를 드린다. 부장님이 봉투를 받자마자 난 자리로 돌아가서 짐을 들고 사무실 밖으로 나선다. 허나 눈치 빠른 부장님은 사직서를 내밀자 바로 받지 않고 날 올려다보며 "이게 뭔가? 의자 가지고 옆에 앉아보게."라고 말씀하신다. 일단 받아야지 가능한 이야기라 두 번째도 그만 알아보자.

세 번째, 부장님이 퇴근하시고 난 후 자리에 사직서만 올려놓는다. 하지만 이 방법은 현실성이 가장 없다. 부장님은 절대 먼저 퇴근하지 않기 때문이다. 야근까지 하며 십자말풀이를 하고 있는 것이 업무라고 볼 수 있는 것일까? 물론 부장님께서 그러신다는 게 아니고 혼잣말이다. 정말이다.

그렇게 진지하게 생각만 하다가 점심시간을 날리고 말았다. 울리는 전화기와 밀린 관계사 메일로 인해 머리가 아파진다. 부장님이 관계사와 통화 중인 나를 부르는 소리가 들린다. 난 입이 두 개가 아니라 억울하다.

오렌지 브라운 스코티시 폴드

# 답답한 겨우살이

    날씨가 그럭저럭 우중충하던 날, 개와 산책을 하다가 가지치기를 하지 않아 휴일의 내 턱처럼 지저분하게 가지를 뻗은 가로수에 매달린 것을 보고 저렇게 큰 둥지는 어떤 새가 지었을까 생각한다. 인기척을 느끼지 못하고 혼잣말로 구시렁대 보니 웃기지만 건강한 보폭으로 걷던 아주머니께서 "에이 뭔 둥지, 겨우살이인데."라고 놀리듯이 가셨다. "네?" 하고 고개를 돌렸으나 그곳에는 머쓱한 들바람만 불었다. 이럴 수가, 난 지금까지 초등학교의 은행나무와 집 앞 가로수를 보고 좋은 둥지를 가졌다고 생각했었다.

    내가 충격에 멍을 때리는 동안 나의 개는 풀밭 속으로 들어가려고 했다. 급히 목줄을 당겨 사람이나 개나 정신을 차렸다. 개 버릇 개 못 주는 우리 집 개는 냄새를 맡는 척하며 풀밭에 들어가 잡초를 뜯어먹는다. 잡초인 줄 알고 담배꽁초를 먹어 급히 손으로 입을 벌린 적도 있다. 목줄을 당긴 후 얼마 걷다 벤치에 앉아 이제는 알고 있는 가로수의 겨우살이를 보며 "그러고 보니 처음 봤을 때보다 커지고 둥근 거 같네."라며 혼잣말을 했다. 이번에는 다행히 들은 사람은 없었다.

집에 들어와 소파에 앉아 옆에서 크림치즈 베이글을 먹고 있던 엄마에게 초등학교의 은행나무에 있던 커다란 새 둥지를 기억하는지 물었다. 다행히 엄마는 나와 같은 초등학교 출신이라 둘 다 같은 은행나무를 알고 있다. 몇십 년 전에도 그 은행나무는 있었다.

"은행나무에 둥지가 있었나?"

"있잖아, 가운데 있는 커다란 둥지."

"겨우살이겠지…."

그냥 내가 몰랐던 것이다. 겨우살이도 내가 지나갈 때마다 "둥지가 크다~"라며 멍청하게 오해하는 것을 보고 답답했을 것이다. 혹여나 나보다 멍청한 겨우살이라면 "난 둥지인데 왜 새가 한 번도 안 오지?"라고 생각했을 수도 있을 것이다. 난 그렇게 겨우살이를 가스라이팅 한 사람이 된다.

# 빠른 지각

그는 또 지각을 했다. 내색은 하지 않았지만 기분이 썩 좋지 않다. 뭐라 꾸짖으려고 했지만 처음 시작해야 할 말이 떠오르지 않아 관두었다. 다음에 기회가 있을 것이라 생각한다. 처음 회사를 다닐 때부터 여러 기성세대 상사들에게 직장인의 기본은 근태라고 배운 나에게 지각이란 일종의 강박이 되었다. 아니, 그것은 누군가에게 같잖은 훈계를 할 때 하는 핑계이고, 회사를 다니기 한참 전부터 그랬다.

초등학교 저학년 때의 나는 항상 등교를 두 번 했다. 가족 모두가 잠든 이른 새벽에 조용히 책가방을 싸서 등교를 하면 낮은 안개와 아직 마르지 않은 이슬이 가득하다. 도로에는 가끔 새벽 출근을 하는 자동차와 쓰레기 수거차만 지나다닌다. 학교에 도착하면 아무도 없다. 수위 아저씨도 출근 전이라 학교 문도 열려 있지 않다. 도착 후 얼마 동안 혼자 시소에 앉아 있으면 같은 초등학교에 다니던 친형이 와서 나를 데리고 집에 돌아간다. 그리고 형은 집에 와서 등교 준비를 하고 나와 같이 다시 학교에 간다. 그렇게 한 번 다닐 길을 두 번 다녀서 그런지 당시의 형은 많이 먹지만 살이 찌지 않았다. 미안한 일이지만 나도 어쩔 수 없었다.

　이유인 즉, 내가 선천적으로 시간 개념이 정말 없었기에 정해진 시간보다 과하게 빨리 가거나 늦게 가거나 둘 중에 하나밖에 할 수 없었기 때문이다. 이상할 정도로 중간이 없다. 어떻게든 고쳐 보려고 지독하게 분 단위로 계획을 세워도 달라지는 것은 없었다. 그나마 다행이라면 극단적인 두 개의 상황을 고를 수 있다는 것이다. 아직도 구체적인 방법은 모르지만 마음속으로 생각하면 그냥 그렇게 고를 수 있다. 성인이 된 나는 지각은 할 수 없으니 남들보다 30분 일찍 출근하는 사람이 되었다.

　나만 괜찮으면 30~40분 정도 빨리 출근하는 것도 문제가 되지 않을 것이라 생각했다. 그렇게 몇 년을 회사에 다녔고, 어느 날 후배가 작정하고 진지한 목소리로 사실 선배가 너무 일찍 출근해서 좀 신경이 쓰인다고 말했다. 처음에는 "얘는 대체 뭐라는 거지?"라고 생각하며 반감이 들었지만 곰곰이 생각해 보니 충분히 그럴 수 있다고 생각했다. 본인은 선배보다 먼저 와서 성실히 업무를 준비하는 모습을 보이고 싶었겠지만 그다지 성실하지도 않으면서 자기보다 족히 30분은 빨리 와서 앉아 있는 선배를 보고 있자니 신경을 안 쓸래야 안 쓸 수가 없는 것이다. 그렇게 생각해 보니 의미 없이 빨리 출근하는 나와 의미 없이 먼저 퇴근하지 않는 부장과 다를 것이 없었다. 반성은 했지만 어떻게 해야 할지 몰랐다. 닭병 걸린 듯 고개만 꾸벅꾸벅 숙일 수밖에 없었다.

　　　　　　　　　　　　오렌지 브라운 스코티시 폴드

# ▎자연

고등학교 때 나는 뒷걸음질 치는 유행에 장단을 맞춰서 필름 카메라를 샀었다. 자취를 하며 돈이 없어서 대충 라면밥으로 끼니를 때우는 내게 정말 큰 사치였다. 아아 아까워라.

그와 동시에 여자친구도 있었는데, 당시의 나는 남들에게 그 사람을 소개할 때 '여자친구'라고 말했고 지금의 나는 '첫사랑'이라고 말한다. 영화 〈8월의 크리스마스〉의 주인공 정원의 대사를 조금 빌려 보태어 사랑도 언젠가는 추억으로 그친다는 말처럼 그때 느꼈던 모든 일과 그로 인해 느꼈던 모든 감정들은 현재에는 어느 일화요, 추억이 되었다. 이제 없는 것이지만 기억은 있다.

그 사람과 처음으로(마지막이란 말도 일맥상통한다.) 여행을 간 적이 있다. 계절은 초가을, 장소는 박람회가 끝나고 난 뒤 한산한 관광지가 된 순천이었다. 가을이기에 '핑크 뮬리'를 보러 가자는 것이 그 핑계이자 꼭 단둘이 가야 할 이유였다. 덜컹이는 무궁화호를 타고 도착하여 국가 정원에서 35㎜ 36장 필름 한 통을 찍었다. 사진은 배경만 다를

뿐 피사체는 그 사람이거나 그 사람이 봤으면 하는 것들뿐이었다.

그로부터 한 달이 안 되어 나는 일을 하러 제주도에 갔다. 갔던 첫 주에 그 필름을 사진관에 맡겼다. 사진이 나오자마자 보내 주었고 보정 없이 있는 그대로의 사진을 보고 그 사람은 너무 못 나왔다며 불평을 하였다. 사실 잘 공감을 해 주지는 못했다. 사진에는 내가 한창 빠져 있는 사람이 그대로 나와 있을뿐더러 필름의 따뜻한 색감과 자연스러운 미소가 너무 잘 나왔다고 생각하여 기쁜 마음에 보여 주었던 것이었기 때문이었다. 꽤 시간이 흘러 혼자가 되고 카메라도 두 차례나 바꾸면서 나는 사람은 찍지 않고 풍경만 찍고 있다. 다른 사람 여럿도 본인이 나온 사진은 못 나왔다고 이야기하는 게 대부분이었다. 허나 풍경 사진은 똑같이 보정이 없는데도 정말 잘 나왔다고 말해 준다.

하지만 그 사람과 나의 주변이여.

사람이 자연스러운 것이 보기 좋은 이유는 어느 풍경처럼 사람도, 그 사람도 자연에서 왔으니 그것이 이치다.

제주도로 떠나고 인연은 정리되었다. 사실 떠날 때 가지고 간 액자 속 사진 대신 그때 순천에서 찍었던, 못 나왔다고 불평하던 사진으로 바꿨던 일이 있다.

오렌지 브라운 스코티시 폴드